天鵞絨 / 二筋の血
비로드 / 두 줄기의 피

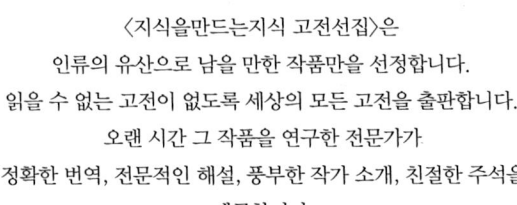

〈지식을만드는지식 고전선집〉은
인류의 유산으로 남을 만한 작품만을 선정합니다.
읽을 수 없는 고전이 없도록 세상의 모든 고전을 출판합니다.
오랜 시간 그 작품을 연구한 전문가가
정확한 번역, 전문적인 해설, 풍부한 작가 소개, 친절한 주석을
제공합니다.

天鵞絨 / 二筋の血
비로드 / 두 줄기의 피

이시카와 다쿠보쿠(石川啄木) 지음
윤재석 옮김

대한민국, 서울, 지식을만드는지식, 2025

편집자 일러두기

- 이 책은 1978년 지쿠마쇼보(筑摩書房)에서 출간한 《이시카와 다쿠보쿠 전집 제3권(石川啄木 全集 第3卷)》을 원전으로 삼아 번역했습니다.
- 한 편의 시나 중단편소설 등 짧은 글 등은 〈 〉로 표시하고 단행본, 장편소설, 잡지, 신문 등은 《 》로 표시했습니다.
- 시간, 날짜, 돈의 액수 등은 모두 아라비아 숫자로 적었습니다. 그 외 한, 두, 세 등으로 읽히는 숫자는 한글로 적었습니다. 단, 사전에 등재된 단어나 관용적인 표현 등은 한글로 적었습니다.
- 독자의 이해를 돕는 데 필요한 곳에는 괄호를 치고 원어를 병기했습니다.
- 주석과 해설, 지은이 소개는 독자의 이해를 돕기 위해 모두 옮긴이가 단 것입니다.
- 외래어 표기는 현행 한글 어문 규범의 외래어 표기법을 따랐습니다. 일본어의 장모음은 외래어 표기법에 따라 따로 적지 않고, 한자는 당시에 쓰인 대로 적었습니다.

차 례

비로드 · · · · · · · · · · · · · · · · · · · 1
두 줄기의 피 · · · · · · · · · · · · · · · · 83

해설 · · · · · · · · · · · · · · · · · · · 113
지은이에 대해 · · · · · · · · · · · · · · · 123
지은이 연보 · · · · · · · · · · · · · · · · 128
옮긴이에 대해 · · · · · · · · · · · · · · · 145

이시카와 다쿠보쿠(石川啄木, 1886~1912)

이시카와 다쿠보쿠는 가난에 허덕이면서도
문학적 낭만을 포기할 수 없었다.
일찍이 시로 문단의 주목을 받았으나
삶을 영위할 길은 보이지 않았다.
신문이나 잡지에서는 소설만을 원했다.
〈비로드〉와 〈두 줄기의 피〉를 잡지사에 기고함으로써
생활에 보탬이 되려 했으나 뜻을 이루지 못하고
불과 수 년 뒤 스물여섯의 이른 나이에 결핵으로 사망했다.
두 단편은 사후 전집에 수록되어 발표되었다.

비로드
天鵝絨

1.

 이발사 겐스케 아저씨가 4년 만에 돌아왔다는 소문이 마치 중대한 사건이라도 일어난 것처럼 입에서 입으로 전해져, 정오가 지났을 무렵에는 이미 온 동네에 퍼졌다.

 마을이라고는 하지만 작은 마을이다. 모리오카(盛岡)에서 아오모리(青森) 방향으로 기타카미(北上)강을 따라 구불구불하게 북쪽으로 이어졌다. 평탄한 이 일등 도로(마을 사람들이 이렇게 부른다)에는 500~600미터의 소나무 가로수가 있고, 도로 양 옆으로 겨우 90여 채의 기울어진 초가집이 늘어서 있다.

 면사무소와 파출소가 마주 보며 마을 중앙에 있고, 면사무소의 옆이 사쿠에몬 잡화점이다. 이곳은 온갖 잡화를 파는데, 식초, 간장, 석유, 담배, 병에 담긴 술뿐만 아니라 앞치마나 반소매 옷을 만드는 천도 있다. 젓가락으로 자를 수 없을 정도의 단단한 두부도 판다. 그 가게 옆에 있는 우체국에는 이 마을에 하나밖에 없는 가로등이 켜져 있는데, 매일 밤 불이 켜져 있는 것은 아니다.

 오사다가 아직 어렸을 적에는, 이 마을에 이발소는 없었다. 당시에 마을 사람들이 머리카락을 어떻게 관리했을지를 지금에 와서 생각해 보니, 여간 불편한 게 아니었을 것이다. 그것이 아홉인가 열 살 무렵, 대지주인 시라이 님이 모리오카에서 이발사를 한 명 불러온다는 소문이, 마치 겐스케 아저씨가 4년 만에 돌아왔다고 하는 소문처럼 이상할 정도로 놀랍게 마을에 퍼졌다. 머지않아 마을의 빈터에 과일 상자 같은 작은 집이 한 채 지어졌고, 그 집이 마침내 미장까지 마무리되었을 무렵, 30대로 보이는 키가 작고 검은 옷을 입은 이발사가 나타났다. 아주 싹싹하며, 관서 사투리를 자유롭게 구사하는, 말을 잘하는 사람으로, 언제 봐도 호감이 가는 성격 때문에 금방 마을 사람들의 사랑을 받게 되었다. 그 사람이 바로 겐스케 아저씨였다.

겐스케 아저씨는 처자식이 있으나 홀로 이곳에 왔다. 드디어 개업이 되었고, 이발소의 큰 전신 거울이 마을 아이들의 호기심을 자극했다. 오사다도 가끔 또래 아이들과 함께 놀러 와 처음 보는 하얀 세토(瀨戶) 도기*로 만든 손잡이를 위아래로 돌려, 겨우 출입문을 조금 열고는 다양한 도구가 가지런히 정리되어 있는 가게 안을 들여다보았다. 조금 열린 문이 저절로 사람이 지나갈 수 있을 만큼 열리자, 이 시골 아이들은 매우 순박하여 도둑질이라도 하는

---

* 세토는 도자기로 유명한 지역이다.

것처럼 조심스럽게 살금살금 가게 안으로 들어가 교대로 내부를 둘러본다. 이상한 것은, 살짝 떨어져서 거울에 모습을 비추어 보면 얼굴이 길어지거나 넓적해지고, 눈이나 코도 일그러져 보이는 것이었다. 오사다는 어린 마음에 이것은 거울이 너무 커서 그런 것이라 생각했다.

한 달에 세 번 중 하루를 제외하고는(이날은 겐스케 아저씨가 시라이 님의 집을 방문하여, 가족들의 머리를 자르고 면도를 해 주기 때문에) 대개 마을 사람 서너 명이 겐스케 아저씨의 이발소에서 담배를 피우며 세상 돌아가는 이야기를 하곤 했다. 1년 정도가 지나자, 시라이 님의 오른팔 역할을 하던 사람의 아들로, 맹해서 노로칸*이라는 별명을 갖고 있는 열여섯 살의 간노스케가 겐스케 아저씨의 제자가 되었다. 그리고 나서는 그때까지 이발소에 다가서기 어려워하던 아이들까지 이발소를 놀이터로 여겼고, 겐스케 아저씨는 한가할 때면 다이코키(太閤記)*나 기케이(義経),* 증기선과 가토 기요마사(加藤清正)*의 이야기

---

* 노로칸 : 느림보라는 의미다.
* 다이코키(太閤記) : 도요토미 히데요시에 관한 이야기다.
* 기케이(義経) : 미나모토노 요시쓰네에 관한 역사 이야기다.

를 들려주곤 했다. 겐스케 아저씨가 없을 때에는, 노로칸이 돈궤에서 동전을 훔쳐 내 아이들에게 단팥빵을 사 준 적도 있다. 아이들에게 사 준다고는 하나, 결국 반 이상은 노로칸이 먹는 것이다.

겐스케 아저씨는 마을에서 재미있는 사람으로 많은 사람들에게 사랑을 받았다. 봄과 가을의 히간(彼岸)*에는 절보다 겐스케 아저씨 집이 떡을 더 많이 받았다. 이렇기에, 누군가의 결혼식이나 장례식이 있으면 겐스케 아저씨는 안 간 적이 없었다. 겐스케 아저씨는 그저 말을 잘하고 호감이 가는 인물일 뿐만 아니라, 장례식에 갈 적에는 파란색, 빨간색, 금색의 종이로 꽃을 만들어 주며, 예식 때에는 마을 사람들 중에 아무도 모르는 다카사고(高砂)*를 부른다. 그뿐만 아니라 모든 일을 잘하는 사람으로, 요리에 대한 이해도 있고, 정원수를 가꾸는 것도 좋아하며, 고

---

* 기요마사(加藤清正) : 임진왜란 때 침략해 온 장수다.
* 히간(彼岸) : 춘분이나 추분의 전후 각 3일을 합한 7일간 또는 그 즈음의 계절을 말한다.
* 다카사고(高砂) : 다정한 노부부의 전설을 다룬 이야기로, 축복하는 뜻에서 혼례 자리에서 많이 노래로 부른다.

전극도 잘 읊는다. 언젠가는 시라이 님의 자제들을 위하여 여덟 폭의 큰 종이 연을 만든 적도 있었다. 여기저기서 일어나는 부부 싸움이나 부모 자식 간의 싸움에 중재를 게을리하지 않았음은 물론이다.

그럭저럭하는 사이, 오사다는 소학교도 보통과만 마치고, 아기를 돌보는 사이에 붉은 옷을 좋아하게 되고, 머리카락의 기름기에 더러워진 손수건을 스스로 빨아서 예쁘게 뒤집어쓰게끔 되었다.

삼복더위가 지나가고 똥 묻은 말의 고삐를 잡게 될 나이가 되자, 이제 자연스레 부끄러움을 느끼는 소녀 감성이 생기고, 본오도리*를 추면서 밤을 지새우는 것이 무엇보다 즐겁다. 때문에 노로칸의 친구들이 쓸데없는 말싸움을 벌이는 이발소에도 스스로 얼굴을 비추는 횟수가 적어졌다. 그즈음 하여 겐스케 아저씨의 아들이라 하는 아버지를 닮지 않은 하얀 피부에 키가 훤칠한 젊은 청년이 석 달이나 와 있었던 적이 있었다.

오사다가 열다섯 살이 되던 해, 이제 머지않아 오본이 다가온다는 큰 기대감에 본오도리에 입을 유카타 등 이것

---

* 본오도리 : 일본의 추석 격인 오본(お盆)에 추는 전통 춤이다.

저것을 준비하느라 처녀들은 한시도 마음을 놓을 수 없을 때였다. 겐스케 아저씨는 고향(고향이라고 하나 교토 지역밖에 몰랐지만)에 있는 아버지가 돌아가셨다고 하여, 갑작스럽게 짐을 쌌다. 그럼에도 모든 집을 돌며 작별 인사를 나누고 전별금을 받았다. 잘 길든 새가 새장에서 도망친 것처럼 마을 사람들은 아쉬워했다. 그 스스로도 가슴 아파하더니, 2~3일 후 바람처럼 떠나 버렸다. 그가 떠날 적에는 오사다도 마을 사람들과 함께 10리 떨어져 있는 역까지 배웅을 했다. 그리고 돌아오는 어느 길가의 논에 벼이삭이 대여섯 개 익어 있는 것을 보고, 적어도 첫 수확한 쌀로 떡을 찧을 때까지만이라도 있었으면 좋았을 텐데, 라며 누군가가 중얼거리던 것을 지금도 꿈처럼 기억하고 있다.

여하튼 아주 좁은 시골 바닥인지라, 게다가 갑작스럽게 벌어진 이별이었기에, 겐스케가 홀로 떠난 뒤에는 축제가 끝난 다음 날처럼, 남자만이 모여서 모내기 하는 것처럼 왠지 활기가 없다. 일이 없는 사람들은 따분한 얼굴로 그저 멍하니 문에 서 있었다. 한 달 정도는 모이기만 하면 떠난 겐스케에 관한 이야기를 했다. 떠날 적에 시라이 님이 20엔을 주셨다고도 했고, 마을 사람들로부터 받은 전별금을 합치면 50엔 정도는 될 것이라고 부러운 듯이 계산하는 사람도 있었다. 그뿐만 아니라, 겐스케 아저씨가 요 5~6년 사이에 180냥을 모았다고 아는 체하는 노인도 있었다. 하지만 이 겐스케 아저씨가 시라이 님의 작은 집에서 류마치스로 인해 항상 누워 있는 사모님과 어떤 특별히 친밀한 관계를 맺고 있었던 것을 아는 사람은 아무도 없었다.

20일이나 지나서였을까, 겐스케로부터 감사의 편지가 서른 통이나 한 번에 이 마을에 날아왔다. 그것이 또한 각자의 상황에 어울리게 문구가 다르게 적혀 있었다고 하여, 사람들은 새삼스럽게 굉장하다는 듯이 그의 만사에 능한 재주에 대해 얘기했다. 그 후에도 한 달에 한 번, 석 달에 두 번, 1년 6개월 정도까지는 마을 사람 누구도 빠짐없이 겐스케의 소식을 접했다.

이발소는 그즈음 여하튼 자립하게 된 노로칸이 이어받아, 다행히 마을에 하나밖에 없는 덕분에, 맥 빠진 쓸데없는 말에도 손님이 줄지도 않았고, 그 오목 볼록의 큰 거울이 지금도 여전히 사람의 얼굴을 길게, 혹은 넓적하게 비추고 있다.

2.

그 일은 오본이 지나고 20일이 지나지 않았을 때였다. 오후 세 시간 정도는 한여름에도 가장 더운 열기에, 구름

한 점 없는 하늘에서는 산들바람조차 불어오지 않고, 신발을 신지 않은 소녀들은 태양 빛에 달궈진 돌멩이의 열기를 피해, 처마 밑 진흙길을 걸었다. 뒷밭 배나무 아래 떨어져 죽은 매미의 숫자만큼 가을의 정취가 점점 깊어가고 있었다. 해 뜨기 전 물을 풀 때 추위가 느껴지고, 밤에는 마을을 가득 메울 정도로 벌레들이 울어 댄다. 논이라는 논에는 모두 노랗게 물든 벼 이삭이 출렁거리고 있었지만, 올해는 예년에 비해 작황이 좋지 않다고 사람들이 중얼거렸다.

봄부터 여름까지 목이 빠지게 기다려 온 오본이 되면, 마을은 젊은 남녀의 것이 된다. 3일 연속으로 철야로 춤을 춰도 부족하고, 비라도 내리면 또 몰라도 대개 하쓰카본(二十日盆)이 지날 때까지는 큰북 소리 때문에 잠을 잘 수가 없다고 노인들이 투덜거린다. 그 일이 끝나면, 적어도 환자나 불구가 아닌 한 모든 남자들은 숙박 준비를 하여 동악산으로 싸리나무를 베러 가기 때문에, 처녀들의 마음은 왠지 모르게 풀이 죽고, 1년 중 가장 무료함을 느끼는 것도 바로 이때다. 그것도 예년이라면, 수확 후 시집 장가간다는 소문에 질투 섞인 이야기들이 끊이지 않지만, 올해처럼 작황이 안 좋아서는 논밭이 생명인 농촌 마을은 슬픔에 잠겨 딱히 활력을 북돋아 줄 이야기도 없다. 바로 그때 겐스케 아저씨가 왔다.

갑자기 4년 만에 돌아왔다는 소문에 놀란 사람들은, 그 겐스케 아저씨가 옷을 너무나 잘 빼입고 있어서 두 번 놀랐다. 여러모로 지식이 부족한 마을 사람들에게는 무슨 색이라 부르기도 어려운, 갈색을 띤 회색 중절모는 이 마을에서는 촌장님, 의사 선생님, 시라이 님 댁의 도련님 외에는 쓰는 사람이 없다. 고급 안감을 댄 저고리와 바지도, 체크무늬의 비단이며, 허리띠도 멋있고 시계도 멋있다. 그중에서도 오사다의 눈길을 사로잡은 것은 묵직해 보이는 가죽으로 된 여행 가방이었다.

머물기로 한 곳은 이전에 가장 사이가 좋았던 목수 겐 아저씨의 집이었다. 그날 밤은 누구라고 할 것 없이 겐 아저씨의 집을 찾아왔기 때문에, 손님방의 불빛은 어두웠지만, 드나드는 사람의 수는 많아서, 파도 소리 같은 벌레 소리도 들리지 않을 만큼 떠들썩한 얘기 소리가 11시 넘어서도 밖으로 흘러나왔다. 처녀들은 아무래도 들어가기가 어려워, 서너 명이 가게 앞에 앉아 있자, 겐 아저씨의 장녀인 오야에가 가끔 손님방에서 나와 겐스케 아저씨의 이야기를 낮은 목소리로 전해 주었다.

겐스케 아저씨는 이제 40대가 되었고, 게다가 옷차림도 근사하여 더욱 품격을 높여 주었고, 거동에서 언동까지 전보다 더욱 멋있어져 있었다. 그런 겐스케 아저씨를, 예전에는 "자네", "그쪽"이라 부르던 것에 익숙해 있던 마을 사람들이 갑자기 "당신"이라고 불렀다.

그날 밤 이야기인즉, 겐스케 아저씨는 이번에 하코다테에 사는 백부가 돌아가셔서 그곳에 다녀오는 길이었는데 아무래도 그냥 이곳을 지나칠 수 없어서 갑작스럽지만 그리운 이 마을을 방문했으며, 지금은 도쿄에서 이발소를 하고 있는데 숙련된 직원이 네 명이나 있지만 그래도 일손이 부족할 정도로 바쁘다는 것이었다.

이 이야기가 반향을 일으키며 온 마을에 퍼졌다.

이발사로 말하자면 그다지 뛰어난 직업이 아니라는 것은 마을 사람들도 알고 있다. 그러나 도쿄의 이발사라면 아무래도 이야기가 달라지기 때문에 긴자 근처의 사진이라도 본 적이 있는 사람은 재빨리 겐스케 아저씨의 집이 좋은 집일 것이라 상상했다.

다음 날 마을 사람들은, 겐스케 아저씨가 우리 집에도 방문하지 않을까 생각했다. 눈치가 빠른 노인들은 화문석을 벽장에서 꺼내어 난롯가에 깔아 놓고, 약간의 녹차를 옆집에서 빌려 왔다. 그러나 겐스케 아저씨는 그날 아침부터 시라이 님 댁을 방문하여 저녁이 될 때까지 나오지 않았다.

그날 밤, 정말 멋진 가방에서 꺼낸 손수건이나 한에리* 등을 가지고, 겐스케 아저씨는 거의 모든 집을 돌아다녔다.

　오사다의 집에 온 것은 3일째 날 밤이었다. 낮에는 마을 사람들이 모두 들녘에 나가 집에 없을 거라 생각했기 때문에 일부러 저녁에 왔다고 한다. 그리고 두 시간이나 보리 전병을 먹으면서 도쿄의 화려한 이야기를 들려주고 갔다. 긴자 일대의 번화함, 아사쿠사의 수족관, 히비야 공원, 사이고 다카모리의 동상, 전차, 자동차, 왕족의 장례식, 이야기는 모두 상상도 할 수 없었던 것인지라, 듣는 사람은 그저 눈을 부릅뜨고 밤낮을 가리지 않고 소용돌이치는 화염 속에 빠진 것처럼, 엄청날 정도의 화려함을 막연히 머릿속에 그려 보는 것에 불과했지만, 아사쿠사의 관음상에 비둘기가 있다는 소리를 듣는 순간, 오사다는 그런 곳에도 새 따위가 있을까 하며 이상하다고 느꼈다. 그리고 그런 곳에서 이 사람은 어째서 이런 곳까지 온 것일까 하며, 겐스케 아저씨의 득의양양한 얼굴을 쳐다보았다.

　그러고 나서 겐스케 아저씨는 도쿄는 남자는 일을 찾기

---

* 한에리 : 장식용 깃이다.

가 어렵지만, 여자라면 얼마든지 길이 있다고 했다. 하녀 일로 매달 4엔을 벌 수 있으니까 오사다도 1~2년 정도 해 보지 않겠냐고 물었지만, 오사다는 그저 고개를 숙이고 미소를 띨 뿐이었다. 어찌 나 따위가 도쿄에 갈 수 있을까, 이렇게 마음속으로 혼잣말을 했다. 그리고 오늘 옆집의 마쓰타로라 하는 젊은이가 겐스케 아저씨와 함께 도쿄에 가고 싶다고 말한 것을 떠올리며, 남자라면 나도 갈 텐데, 라고 생각했다.

3.
다음 날 아침 늘 그렇듯이 물을 길어 온 뒤, 풀을 베러 가려 하자, 가을비가 촉촉이 내리기 시작했다. 마구간에는 아직도 이틀분의 여물이 있었기 때문에, 옆집의 마쓰타로의 누이가 함께 가자고 했지만, 아버지가 가지 않아도 된다고 했다. 할 일이 없어 하루 종일 대문 앞에 서 보기도 하고, 안으로 들어와 보기도 했는데, 둥근 우산을 쓴 겐스케 아저씨의 모습이 이따금 이쪽저쪽에서 보였다. 대머리인 추타 아저씨와 함께 오사다의 집 앞을 지나간 적도 있었다. 그때 오사다는 이유도 없이 집 안으로 숨어 버렸다.

하루 종일 조용히 내리던 비가 저녁 무렵이 되어 그쳤다. 그러자 지저분한 어린아이들이 집에서 나와 말똥 범

벅인 진흙탕을 맨발로 짓밟으며 학교에서 배운 노래와 유행가를 부르면서 정신없이 뛰어놀았다.

오사다는 그저 멍하니 문 앞에 서서 멍하니 그 모습을 바라보고 있었다. 그때 목수집 오야에의 작은 여동생이 달려와 잠깐 와 달라는 언니의 말을 전했다.

늘 그랬던 것처럼, 오늘 밤 어딘가에서 술자리가 있을 거라고 생각하며, 오사다는 조심스럽게 진흙탕을 피하여 목수 집으로 향했다. 오야에는 허겁지겁 오사다를 맞이했으나, 어딘가 주변의 눈치를 살피는 듯한 모습으로 오사다를 데리고 뒷문으로 나갔다.

"어디 가니?" 목수의 아내는 난롯가에서 말을 건넸지만 오야에는 뒤도 돌아보지 않고, "뒷골목"이라고 대답했다. 문을 열자 닭이 세 마리 놀고 있었다. 두 사람은 발소리를 내며 안으로 들어갔다.

두 사람은 뒷밭에 있는 목재 창고에 들어가 쌓여 있는 각목에 기대어, 비에 젖은 갓 벌목한 나무의 향내를 맡으며 약 한 시간이나 소곤소곤 대화를 나누었다.

오야에의 이야기는 오사다에게는 전혀 상상도 못 한 것이었다.

"오사다, 너도 어제 들었지? 겐스케 아저씨가 저녁에 말한 도쿄에 관한 이야기 말이야."

"들었어."
라고 조용히 대답하며 오야에의 얼굴을 바라보았는데, 어째서인지 도쿄란 한 단어만으로도 가슴이 갑자기 두근거리는 듯했다.

잠시 시간이 흐르고, 오야에는 겐스케 아저씨와 함께 도쿄에 가지 않겠냐고 말을 꺼냈다. 오사다에게는 물론 생각지도 못한 이야기이긴 했으나, 오본이 지난 것에 대한 아쉬운 마음에 겐스케 아저씨를 본 처녀 입장에서는 전혀 상관없는 이야기도 아니었다. 자꾸만 요동치는 가슴에 양손을 얹으면서 오사다는 눈을 크게 뜨고 말수를 줄이며 오야에의 이야기에 귀를 기울였다.

오야에는 자신은 이미 결심을 한 듯한 말투로, 목소리는 작으나 눈은 힘 있게 반짝였다. 부모님께 말한다면 물론 간단히 허락해 줄 리가 없기에 몰래 가겠다는 것으로, 어제 들은 도쿄의 이야기를 장시간 한 후, 이왕 사는 거 이런 시골 바닥보다는 한 번쯤은 도쿄에라도 가 봐야지, 하는 것이었다. "젊음은 두 번 다시 오지 않는다." 이런 유행가의 가사까지 인용하며 열심히 오사다의 결심을 재촉했다.

그리고 그 방법이라는 것도 별로 어려운 것은 없었다. 떠나기 전에 몰래 옷가지 등을 챙겨 둔다. 마침 이곳 출신으로 모리오카 정거장에서 역무원 일을 하는 센타로라 하는 사람이 있으니, 마부 일을 하는 곤사쿠 아저씨에게 부탁하여 미리 그 센타로의 집까지 짐을 보낸다. 그리고 겐스케 아저씨가 떠나기 전날에 1박 일정으로 모리오카에 다녀오겠다고 말하고 집을 나온 뒤, 겐스케 아저씨와 함께 모리오카에서 기차를 타고 간다. 기차 요금은 3엔 50전 정도 하는 것 같지만 오야에는 우체국에 18엔이나 저금해 두었으니 그것을 꺼내서 사용하면 문제가 없다는 것이었다. 오사다도 2~3년 전부터 논두렁에 심은 콩을 용돈 대신 받아 왔는데, 그것을 팔거나 하여 역시 9엔 가까이 저축해 두었다.

  도쿄에 가면 말할 것도 없이 식모를 할 생각이기에, 그것이 아무리 힘들지라도 들일에 비하면 누워서 떡 먹기 아니겠냐고 오야에가 말했다. 일본 제일의 도시 도쿄에서 생활할 수 있고, 밥도 주고 게다가 월 4엔을 받는다. 이 근방의 마을에 사는 처녀에게 흥미로운 이야기가 아닐 수 없었다. 두 사람은 분가루나 머릿기름, 머리끈 등 매달 드는 비용을 계산해 보았는데, 그것은 아무리 비용이 많이 들더라도 월 1엔 정도면 충분하다. 매월 3엔씩 남기면 1년에 36엔, 3년만 참으면 100엔 가까이 된다. 고향으로 돌아올 때, 절반만 옷이나 선물을 사서 온다고 해도, 현금 50엔을 가지고 돌아올 수 있다.

"스에조네 집 봐 봐, 단 40엔에 집과 땅이 시라이 님에게 넘어갔잖아"라고 오야에가 말했다.

"그렇지만 오야에, 겐스케 아저씨가 정말로 데려가 줄까?"라고 오사다가 걱정스럽게 묻는다.

"물론 데려가 주고 말구. 오늘 아침에 아무도 없을 때 물어봤는데 데려가 준다고 말했는걸."

"그렇지만 겐스케 아저씨도 우리 부모님에게 미안하잖아."

"그래서 도쿄에 도착하고 나서, 함께 간 것이 아니고 나중에 뒤따라 간 것이라고, 당분간 도쿄에 있을 거라고 편지를 보내기로 했어."

"겐스케 아저씨 말이야, 정말로 돌봐 줄까?"

이때 손을 주머니에 넣고 뒷골목에서 불쑥 나타난 겐스케 아저씨의 모습이 창고 입구에서 보이자, 오야에는 손짓으로 그를 불러들였다. 겐스케 아저씨는 싱글벙글 웃는 얼굴로 입구에 서서, "아직 벌건 대낮인데 남자 이야기를 하다니, 천장의 쥐가 웃을 걸요"라 했다.

오야에는 손을 들어 겐스케 아저씨의 입을 막았다. "저, 겐스케 아저씨, 오늘 아침 이야기는 참말인 거죠?" 겐스케는 잠시 진지한 얼굴을 하더니, 금세 웃음을 보이며, "음,

물론이지. 이 아저씨에게 맡기기만 하면 틀림없지. 그런데 오사다도 모반에 가담한 건가?" 했다.

"모반이라니요, 참!" 오사다는 눈을 부릅떴다.

"하지만 말이야 오야에, 오사다도 마찬가지고, 잘 생각해 봐. 나는 어떻게 되든 상관없지만, 도쿄에 가서 후회한들 너희들 일이지 내 일은 아니니깐 말이지. 기차 안에서 엄마 젖을 먹고 싶다고 울어 대면 큰일이니까 말이지."

"누가 운다고 그래요…"라며 오야에는 어깨를 들썩거렸다.

"그렇게 바로 화내지 않아도 돼요"라며 겐스케 아저씨는 다시 웃는 얼굴로, "도쿄에 한번 가게 되면, 이런 시골엔 평생 되돌아오고 싶지 않게 될 거야" 했다.

오야에는 '평생 안 돌아와도 좋아'라고 생각했다. 오사다는 또 '그럴 일은 절대 없어'라고 생각했다.

이윽고 주변이 어두워졌음을 알아차리고, 두 사람은 그곳을 나왔다. 이때까지 오사다는 아직 간다고도 가지 않는다고도 말하지 않았지만, 여하튼 내일 확실히 대답을 하겠다고 말했다. 그리고 오스에에게도 권해 볼까 하는 오야에의 말에는, 오스에의 집은 평판이 좋지 않으니까 말하지 않는 것이 좋겠다고 말하고, 이 이야기는 둘만의 비밀로 하기로 굳게 약속하고 헤어졌다. 그리고 큰길로 가는 것이 왠지 꺼림칙하여, 뒷길을 따라 집으로 돌아왔다. 내일 답하겠다고 말은 했지만, 오사다는 이미 마음속으로는 도쿄에 갈 결심을 했기 때문이다.

집으로 돌아오자 어머니는 부엌에서 손전등을 켜고 바쁘게 저녁 준비를 하고 있었다. 오사다는 말의 여물을 잘라 소금물에 섞어서 주고, 물 한 통을 떠 온 뒤, 저녁 밥상 앞에 앉았으나, 마음이 몹시 뒤숭숭하여 보리밥 한 그릇만 먹었다.

오사다의 집은 마을에서도 아무튼 먹고살기에는 걱정 없을 정도의 농가로, 빚도 한 푼 없으며, 많지는 않지만 논밭도 갖고 있고, 말도 청가라말과 구렁말 두 마리를 기르고 있다. 부모는 아직 마흔 살이 넘지 않은 부지런한 사람으로, 어머니는 인품이 좋아 자기 자식에게조차도 말을 곱게 쓰는 성격이다. 아버지는 아버지대로 마을에서는 드물게 술도 그다지 즐기지 않으며, 사다지로*의 정직함을 말하자면, 시라이 님이 중요한 일이 있을 때, 특히 그중에서도 믿고 부리는 정도다. 다만 힘자랑을 하여 젊은이들을 화나게 하는 것이 유일한 나쁜 버릇이라고 노인들이 말했

---

* 사다지로 : 오사다의 아버지 이름이다.

다. 할아버지 할머니도 4~5년 전에 돌아가시고, 장녀 오사다와 아들 둘, 가족은 이들이 전부인데, 장남인 사다요시는 나이는 아직 열일곱 살이지만 체격이나 일하는 모습이 이미 철이 든 훌륭한 청년이다.

오사다는 올해 열아홉 살이 되었다. 7~8년 전만 해도 열아홉 살이 될 때까지 시집을 못 가면 사람들에게 비웃음을 샀지만, 최근에는 이 마을에도 열대여섯 살인 처녀들은 거의 없고, 대개 열여덟아홉 살이다. 옆집 마쓰타로의 누나는 스물한 살이 되어서도 아직 시집을 못 가고 있다. 오사다는 언뜻 보면 제 나이보다 한두 살 어려 보이는 편이고, 몸매도 늘씬한 것이 농가의 딸치고는 드물 정도로 얼굴이 동글하고 새까만 눈동자에 눈이 크고, 코는 높지 않지만 보조개가 깊다. 아름다운 얼굴형은 아니지만 애교가 넘치고, 피부가 하얗고, 머리카락은 윤기가 흐르며 잘 정돈되어 있고, 딱히 뭐라 말할 수 없는 아름다움을 가지고 있다. 어렸을 적부터 매우 어른스러운 성격으로, 누군가에게 대든 적이 한 번도 없었으며, 분할 때에는 남의 눈에 보이지 않는 곳에 숨어서 울곤 했다. 나이가 들어서는 마을 노인들의 인기를 독차지하게 되었다. "오사다는 얌전해서 좋아." 이런 말을 들을 때마다 예나 지금이나 얼굴을 붉히며 "전 잘 몰라요"라며 사람들 뒤에 숨는다.

소학교 때의 성적은 같은 반의 오야에 등과 비교해 많이 떨어지긴 하나, 유일하게 노래를 잘했다. 그 때문에 여교사로부터 가장 예쁨을 받았다. 오야에는 오사다와는 반대로, 현재 시집을 간 이복 언니와 함께 자란 탓인지 승부욕이 강하고 자기주장이 강하다. 시집갈 나이가 되니 손도 못 쓸 말괄량이가 되었다. 외모 또한 마을에서 가장 예뻤던 오스미가 작년에 이질에 걸려 죽고 난 뒤로는 마을에서 제일이었고, 눈가에 다소 사나운 주름이 있으나, 얼굴이 갸름한 모양이 시골에 있기엔 아까울 정도다. 이렇게 정반대인 두 사람이 지나치게 친밀한 것은 다른 처녀들로부터 언제나 의심을 살 정도였고, 또한 그중의 반은 질투심에 "저런 말괄량이와는 어울리지 않는 것이 좋아"라며 일부러 오사다에게 충고를 하는 이도 있었다.

　오사다는 그날 밤, 하루 종일 일을 안 해서인지 좀처럼 잠이 오질 않아, 세 시간 정도 생각에 잠겼다. 검게 그을린 판자문 너머로 깊이 잠든 어머니의 숨소리를 듣고는, 우리 엄마와 이 집을 버리고 어떻게 도쿄에 갈 수 있나 하고 생각하니 바로 눈물이 난다. 그리고 그 눈물이 미처 마르기도 전에, 도쿄에 가면 겐스케 아저씨에게 써 달라고 해서 편지만은 잊지 않고 보내겠다고 생각한다. 그러자 3년 후의 모습이 머릿속에 떠오른다. 멋있는 옷을 입고 근사한

양산을 들고 돈은 50엔이나 모아 간다면 분명 부모님도 기뻐할 것이다. 아아, 그렇게 되면 오야에는 얼마나 더 아름다운 모습이 되어 있을까 상상을 하니, 오늘 오야에가 눈에서 빛을 내며 열심히 말을 토해 내던 그 아름다운 얼굴이 어째서인지 샘이 나기도 한다. 오늘 밤 오사다의 가슴에 깊게 새겨진 것은 정말로 그 오야에의 얼굴이었다. 어찌 오야에 혼자만 도쿄에 보내겠는가!

그러고서 오사다는 소학교에 숙직하고 있는 후지타라는 젊은 교사를 떠올리자 전에 없이 뜨거운 정이 느껴졌고, 내가 이렇게나 그를 사모하는데 하고 생각하니, 뜨거운 눈물이 다시 베개를 적셨다. 이것은 오사다의 짝사랑이기에, 아니, 실제로는 그렇게까지 좋아하는 것은 아니다. 후지타가 4월에 전근해 온 이후로 몇 번 길에서 만나 인사를 한 것이 기뻤을 정도이고, 바로 10일 전에는 아침 풀베기를 마치고 돌아오는 길에, 등에 진 풀다발 중에 도라지와 여랑화가 섞여 있는 것을 마을 외곽에서 산책하고 있던 후지타가 두어 개 달라고 했다. 그때 처음으로 말을 나눈 사이에 불과하다. 그다음 날 아침부터는, 아침마다 피어 있는 가을꽃을 특별히 한 다발씩 손에 들고 오지만, 후지타를 만날 기회가 없었다. 그 선생님이 나에게 잘해 주었다면 도쿄에 갈 생각 따윈 하지 않았을 텐데, 이렇게 생각을 해 보았으나, 지금의 처지로는 어쨌든 선생님의 아내가 될 수 없으니까 역시 3년 정도 도쿄에 갔다 오는 것이 제일이라 생각했다.

사흘 밤에 한 번은 꼭 집에 자러 오는 우시노스케-목수의 제자로, 남자답고 나이는 아직 스물세 살이지만, 젊은이들 가운데 가장 능력이 좋다-도 물론 생각해 보았다. 이러한 시골의 관습 중에, 젊은 남자는 몰래 만나는 여자의 수를 자랑스러워하고, 처녀들 또한 입 밖으로 말하지는 않지만 자신을 만나러 오는 남자의 수를 자랑스러워한다. 그리고 오사다는 우시노스케가 오야에를 비롯해 서너 명과 관계를 가진 적이 있다는 것을 잘 알고 있었다. 어느 날 밤에는 우시노스케가 자기 입으로 그 여자들의 이름을 말하며 시시덕거릴 정도였다. 둘 사이에는 딱히 사랑을 주고받은 적도 없고, 진지하게 결혼에 대한 이야기도 한 적은 없지만, 오늘처럼 잠이 오지 않는 밤이면 지금 우시노스케가 누구랑 자고 있을지 질투를 해 본 적도 있다. 나도 오야에도 사라지면 우시노스케는 필시 오사쿠 곁으로 갈 것이라고 생각하니 질투심이 나는 기분이었다.

마음속에 떠오르는 생각들은 꼬리에 꼬리를 물고 끝이 없다. 오사다는 몇 번인가 혼자 울다가, 몇 번인가 혼자 미소 지었다. 그리고 마침내 꾸벅꾸벅 졸다가, 부엌 쪽에서 자고 있던 막내 동생이 큰 소리로 잠꼬대를 하는 바람에 눈이 번쩍 떠졌다. 아아, 내가 떠나면 동생도 외롭겠지라고 생각하니 졸린 눈에 눈물이 난다. 소녀의 마음이란 순박한지라, 두 남동생과 결혼할 색시를 마음속으로 고르던 중 어느 사이에 잠들어 버렸다.

4.

눈을 뜨니, 동생이 붓으로 정성스럽게 쓴 종이를 거꾸로 붙인 베개 위의 때 묻은 창살이 물처럼 희미하게 눈에 아른거리고 있다. 아직 일어난 사람은 아무도 없다. 여기저기서 닭이 우렁차게 시간을 알린다. 요란한 날갯짓 소리가 들린다.

오사다는 곧장 일어나 침실로 사용하는 4조* 반 크기의 방을 나왔다. 손을 더듬어 신발을 신고 문을 열자 마구간에서는 말이 여물을 달라고 널빤지를 차는 소리가 들린다. 오사다는 큰 통을 두 개 짊어지고 마을 외곽의 히노구치라고 하는 우물로 갔다. 평소보다 빨랐기 때문에 아직 아무도 오지 않았다. 잔물결 하나 일지 않는 우물 바닥에

* 조는 다다미를 세는 단위다.

는 사라져 가고 있는 별을 네댓 개 박아 놓은 듯한 새벽녘의 하늘이 깊게 잠겨 있다. 맑고 깨끗한 가을의 새벽 기운이, 매우 차갑게 옷깃에서 온몸으로 퍼진다. 풀숲에는 아직 꿈처럼 벌레 소리가 들린다.

오사다는 잠시 물을 뜨다 말고, 수면에 비친 자신의 얼굴을 쳐다보면서 멍하니 어젯밤의 일을 떠올렸다. 도쿄란 곳은 아주 먼 곳에 있는데, 어떻게 내가 그곳에 갈 마음이 생긴 것인지 의아하다. 역시 나는 이 마을에서 태어났기 때문에 이 마을에서 평생을 사는 것이 맞는 것이다. 이렇게 매일 아침 물을 길으러 오는 것이 무엇보다도 큰 즐거움이다. 이야기로 들은 도쿄와 같은 번화한 곳에서는 이렇게까지 맑고 아름다운 물은 볼 수 없을 것이라고 생각했다. 그때 뒤에서 발소리가 들려서 뒤돌아보니, 오야에였다. 그녀 또한 물통을 메고 터덜터덜 걸어온다. 자다가 방금 일어난 것처럼 머리는 헝클어져 있고, 통통 부어 눈꺼풀조차 더욱 요염하게 보인다. 그녀와 도쿄에 가는 것이다 하는 생각이 멍한 정신을 차리게 만들었다.

"오야에, 일찍 일어났네."

"너야말로 일찍 일어났네." 이렇게 말하고 물통을 바닥에 내려놓는다.

"아아, 아직도 벌레가 울고 있네!" 오야에는 조금 얼굴을 찡그리고 뒷머리를 쓸어 올린다. 여기저기에서 문을 여는 소리가 들린다.

"결정했어, 오야에."

"정한 거야?" 오야에의 눈이 갑자기 맑게 빛을 냈다. "혹시라도 네가 안 간다고 하면, 나 혼자서 어떻게라도 할 생각이었어."

"그럼 너는 어떻게라도 갈 생각인거야?"

"너도 결정했다면 함께 가자." 오야에는 가볍게 웃었지만, "그건 그렇고, 큰일이야 오야에, 서둘러야만 해."

"왜?"

"왜라니, 어젯밤에 물어보니까 겐스케 아저씨는 내일모레 떠난다고 했어. 서둘러서 준비를 해야만 해."

"내일모레?" 오사다는 눈을 부릅떴다.

"내일모레!" 오야에도 눈을 부라렸다.

두 사람은 잠시 서로의 얼굴을 응시했고, "그럼 내일 모리오카에 가야만 하는 거네"라며 오사다가 먼저 정신을 차렸다.

"그래. 그리고 오늘 밤 중에 옷이랑 짐을 싸서 곤사쿠 아저씨에게 부탁해야만 해."

"뭐라고? 오늘 밤에?" 오사다는 다시 눈을 부릅떴다.

그럭저럭 하는 사이에 하나둘씩 다른 사람들이 물을 길

으러 왔기 때문에, 두 사람은 여전히 비밀스러운 이야기를 하다가 물통에 물이 다 차자 물통을 어깨에 둘러멨다. 그리고 곧장 두세 채 앞에 있는 곤사쿠 할아버지의 집을 찾아가,

"할아버지, 일어나셨어요?"
라고 문밖에서 말을 건넸다.
"지금이 몇 시인데 아직까지 자고 있을라고?"
라는 거친 목소리가 문 안에서 들린다.

두 사람은 서로 얼굴을 맞대고 씽긋 웃고는 물통을 땅에 내려놓고 안으로 들어갔다. 마차꾼 할아버지는 마침 마구간 앞에서 여물을 자르고 있던 참이었다.

"내일 모리오카에 가나요?"
"내일? 물론 가구말구. 나는 이 나이가 되었지만, 마차는 계속 몰아야 하지, 굶어 죽기 싫다면."
"그럼, 물건 좀 실어 주세요."
"뭐라도 상관없어. 내일은 돌아올 때 짐을 싣고 오는 거야, 갈 때는 빈 마차로 가니까 문제없어."
"짐은 그렇게 많지 않아요. 나도 내일 모리오카에 가는데, 손에 짐이 많으면 불편해서요."
"그럼… 너희들도 함께 마차를 타고 가도 돼."

두 사람은 다시 서로를 마주 보고 소곤소곤 말을 주고

받았다.

"그럼 할아버지, 나도 태워 주세요."

"물론이지. 단 스고 찻집에 들리면 술 한잔 사야 한다."

"물론 사 드리지요"라며 오야에는 밝게 웃었다.

"오사다도 함께 가는 거야?"

오사다는 잠시 당황하며 오야에의 얼굴을 쳐다보았다. 오야에는 다시 웃으며 "혼자서 가면 심심하니까 오사다도 같이 갈 거예요" 했다.

"난 노인네라 별로 상관없지만, 마차를 끄는 검정말은 너희들과 함께하니 따분하지 않아서 좋겠네. 그럼 내일 아침 일찍 오렴."

그날은 두 사람에게 더없이 바쁜 날이었다. 오사다는 우물터에서 돌아온 뒤 곧장 오전 풀베기를 하러 들판으로 향했으나, 이상하리만큼 기분이 뒤숭숭하여 아침 이슬에 젖은 낫이 여하튼 느리게 움직인다.

산자락 끝에 막 솟아오른 아침 햇살 속에, 저 멀리 보이는 소나무의 긴 그림자가 풀 위에 드리우고 잎새마다 구슬 같은 수많은 이슬이 아름답다. 가을 풀의 냄새가 올해 처음 솟아난 버섯의 향내와 뒤섞여 가슴속 깊이 느껴진다. 낫이 움직일 때마다 싹둑싹둑 소리를 내고, 쓰러져 있는 풀 속에는 잎이 말라 버린 도라지꽃도 있었다. 오사다의 마음은 어찌해야 좋을지 몰라 정리되지 않고, 검은 눈동자가 흐려졌다가 맑아졌다가 하는 바람에 겨우 한 짐 풀을 베는 데에 평소보다 시간이 많이 걸렸다. 아침 풀베기를 하고 온 뒤, 말을 돌보는 일을 마치고, 아침밥을 먹었다. 그리고 아직 베지 못해 열 평 남아 있는 밭으로 아버지와 동생 세 명이서 조를 수확하러 갔다. 그 일도 오전 중에 끝내고, 동생과 함께 말 두 마리를 집 안으로 옮겨 놓았다.

어머니는 집 뒤에 있는 창고 옆에 거적을 깔고, 햇살 속에서 찧다 남은 삼베 껍질을 찧고 있다. 3시 즈음에는 아버지도 논을 둘러보고 집으로 돌아와, 마구간 앞 여물 창고에서 콧노래를 부르면서 도끼와 낫을 갈기 시작했다. 오사다는 그저 마음이 뒤숭숭하여, 딱히 도쿄에 대한 생각을 하는 것도 아니고, 내일의 이별을 슬퍼하는 것도 아닌, 그저 마음이 뒤숭숭할 뿐이었다. 바느질도 손에 안 잡히고, 이러지도 저러지도 못하는 상태였다.

집 안뜰을 통해 목수 집으로 가자, 때마침 오야에 혼자 있었다. 벌써 짐 보따리를 두 개나 싸 두었고 벽장 구석에 숨겨 두었다. 그곳에 겐스케 아저씨가 와서, 내일모레 저녁까지 모리오카 정류장 앞의 마쓰모토라는 숙박집에 도착하니 그곳에서 합류하기로 정했다.

그리고 나서 오야에와 둘이 집으로 돌아오니, 아버지가

벌써 도끼와 낫을 다 간 듯, 어두컴컴한 화롯가에 홀로 앉아 담배를 피우고 있다.

"아버지." 오사다가 말을 던졌다.

"무슨 일이야?"

"내일 모리오카에 가도 돼?"

"오야에랑 둘이서?"

"물론이지."

"하치만(八幡)* 축제까지는 아직 열흘이나 남았잖아."

"근데, 하치만 축제 전에 벼 베기가 시작되잖아."

"뭣 하러 가려고 하는데?"

"오야에가 센타로 댁에 볼일이 있어서 간다고 하는데, 나도 데려가 달라고 말했어."

"아저씨, 가도 괜찮지?" 오야에도 거들었다.

"돈은 있어?"

"조금 있긴 있지만, 줄 수 있으면 줘."

"그럼 오야에와 함께 맛난 거 먹으렴."

이렇게 말하고 사다지로는 허리춤에서 50전 은화를 한 개 꺼내어 현관 입구에 앉아 있는 오사다에게 던져 주었다.

---

* 하치만(八幡) : 일본의 전통 신앙인 신토의 여러 신 중의 하나다.

오야에는 힐끗 오사다의 얼굴을 보며 일이 잘 풀린다 생각하여 웃었지만, 오사다는 아버지가 전혀 의심하지 않는 모습을 보며 착한 성품인 만큼 마음이 아팠다. 복받쳐 오르는 눈물을 보이지 않으려고, 재빨리 일어나 뒷문으로 갔다.

5.

그날 저녁, 잠깐만이라도 작별을 하기 위해 학교의 후지타 선생님을 찾아보려고 생각했지만, 그럴 여유도 없었다. 농가의 일상처럼 저녁 식사는 해가 진 후로 먹었고, 오사다는 내일 입고 갈 옷을 다시 개어 두겠다고 말하고, 손전등을 쥔 채로, 잠자리로 사용하는 4조 반 크기의 방으로 들어갔다. 얼마 후 오야에가 들어와 아무렇지 않은 얼굴로, "내일 입고 갈 옷이야?" 이렇게 일부러 큰 목소리로 말했다.

"응. 내일 입고 갈 옷을 다시 개고 있는 거야." 오사다도 일부러 큰 소리로 대답하고 두 사람은 눈을 마주 보며 웃었다.

오야에는 벌써 준비가 다 끝났다는 듯이, 지금 그 보따리 세 개를 들고 와, 이 집의 입구에 있는 어두운 토마루에 숨겨 놓고 들어왔다고 한다. 그래서 오사다도 서둘러 연두색의 큰 보자기를 펼쳐 놓고 소지품을 주워 담았지만, 옷이라고 해도 겨우 예닐곱 벌, 허리띠도 두 개, 처녀의 마음은 여러 가지로 불만이었다. 그래서 이 겹옷은 조금 나이 들어 보인다든가, 이 소맷부리는 너무 넓다든지, 소곤소곤 이야기를 나누며 약 한 시간 정도가 걸려 겨우 준비가 끝났다.

아버지도 어머니도 아직 화롯가에 있기 때문에 조금 더 기다리다가 갖고 나가자고 오야에는 말했지만, 오사다는 잠시 망설이다가 일어서서 채광창의 검게 그을린 창살에 손을 대자 끝단 쪽의 격자문 세 개가 별 문제 없이 열렸다. 그것을 본 오야에는 오사다의 어깨를 두드리며, "오사다, 좋은 생각인데"라며 웃었다. 오사다도 속마음으론 웃었다. 보자기는 아무 문제 없이 그곳에서 밖으로 보내졌다. 격자문은 원래의 모습대로 돌려놨다.

그리고 나서 두 사람은 곤사쿠 할아버지의 집으로 가서, 짐을 맡겼다. 밖의 차가운 밤공기가 귀를 먹먹하게 할 만큼의 벌레 소리와 뒤섞여, 오늘 밤만큼은 자신들이 태어난 고향을 도망쳐야 하는 두 처녀들에게 서글픈 감정을 불러일으켰다. 여기저기에 떨어질 듯한 가을밤의 별들, 초여드렛날의 반달이 구름 가장자리에 떠서 아주 맑게 보이며, 마을의 집들은 지붕이 검게 보이고, 마을 한가운데의 우체국 간판 등만이 쓸쓸하게 멀리서 빛을 내고 있다. 두 사람은 왠지 벌써 울적한 목소리가 되어 가끔씩 대화를 나누며, 멀리서나마 마을에 작별을 고하려고, 그리 크지 않은 마을을 위에서 아래로, 아래에서 위로, 몇 번이고 손을 맞잡고 돌아다녔다. 길에서 만난 사람에게는 평소와는 다르게 살갑게 상냥한 목소리로 인사를 건넸다. 사쿠에몬 가게에도 들러, 오야에는 손수건을 두 개 사서 하나는 오사다에게 주었다. 어디선가 웃음소리, 어린아이의 울음소리도 들린다. 한 선술집의 입구에서는 빛이 환하게 밖으로 새어 나와, 도로에 흰색의 선을 만들었다. 벌레 소리보다도 꺼림칙한 술 취한 탁한 목소리가, 가끔씩 시끄러운 그 가게의 여주인의 웃음소리와 함께 마치 싸움이라도 일어난 것처럼 마을 끝에서도 들린다. 두 사람은 그 소란스러운 목소리조차도 그리운 듯 그 자리에 서서 듣고 있었다.

그럼에도 두 시간이나 걷는 사이에 마음이 복잡해지는 이야기도 있어서, 오야에와 헤어지고 총총걸음으로 집으로 돌아가는 오사다의 눈에는 더 이상 눈물은 보이지 않았으며, 가슴속에는 도쿄에 도착한 뒤에 편지를 보내야 하는 사람들을 이 사람 저 사람 세고 있었다. 이곳에서 도쿄까지 1450리, 그런 것은 모른다. 도쿄는 센다이라고 하는 곳보다 먼지 가까운지, 그런 것 또한 모른다. 그저 내일은 도쿄에 간다는 것만 생각하고 있다.

베개를 베자, 오늘만큼 몸도 마음도 바빴던 날은 없었다는 생각이 들면서, 한편으로는 무언가 부족한 듯한, 서글픈 듯한, 정신이 멍한 듯한 피곤한 느낌에 꾸벅꾸벅 졸다가 바로 잠에 들어 버렸다.

문득 눈을 뜨자, 끄는 것을 잊고 잠든 머리맡의 손램프 그림자에 어디서 들어 왔는지 귀뚜라미 두 마리가 가련한 날개를 흔들며 울고 있다. 멀리서 젊은이가 부는 피리 소리가 들려오는 걸로 봐서는 아직 밤이 깊지는 않은 것 같다.

밖에서 똑똑 하며 격자문을 두드리는 소리가 들린다. '아, 이것 때문에 잠에서 깼구나'라고 생각하며 오사다는 바로 일어나 몰래 격자문을 열었다. 그 순간 우시노스케가 살짝 들어왔다.

손램프를 껐다. 한 시간 정도가 지나고 우시노스케가 이제 되돌아갈 준비를 하자, 이것도 오늘 밤이 마지막이란 생각을 하니 오사다는 갑자기 애석한 마음에 목이 메며 뜨거운 눈물이 폭포수처럼 흘러나왔다. 딱히 우시노스케에게 미련이 남는 것은 아니지만, 단지 슬픔이 가슴을 억눌렀다. 오사다는 갑자기 있는 힘껏 두 손으로 우시노스케를 꽉 안았다. 우시노스케는 어둠 속에서 누군가에게 안기는 일은 거의 없기 때문에 깜짝 놀라 눈을 동그랗게 떴다. 이윽고 오사다는 소리를 죽이고 흐느끼기 시작했다.

우시노스케는 생각했다. 아마 이 오사다가 자신에게 반한 것이 아닐까 하는 생각도 했지만, 무엇보다 뜻밖의 일이라 그저 눈을 크게 뜰 뿐이었다.

"무슨 일이야?" 물었지만 답은 없고 흐느끼는 소리만 커질 뿐이다. 그러자 평상시에 어른스럽고 착한 오사다가 갑자기 장난을 치는 것 같아서 우시노스케는 다시 물었다.

"정말로 무슨 일이야?" 되물었다. "내가 무슨 나쁜 짓이라도 한 거야?"

오사다는 우시노스케의 가슴에 얼굴을 들이댄 채로 세게 머리를 흔들었다. 우시노스케는 오사다의 행동이 몹시도 궁금하여,

"그러니까 무슨 일이냐니까? 내가 요즘 바쁠 때라 4일 만에 온 건데, 그것 때문에 화난 거야?" 하고 물었다.

"거짓말!" 오사다는 속삭였다.

"진짜야. 나는 참말로 너만 허락해 주면 너랑 결혼도 생각하고 있어."

"거짓말!"이라고 오사다는 반복하며 한층 더 강하게 우

시노스케의 가슴에 얼굴을 묻었다.

   잠시 동안 오사다의 흐느끼는 소리만이 들렸다. 우시노스케는 겨우 흐느낌이 진정되자,

   "네 볼은 언제 만져 보아도 비로드* 같구나. 열네댓 살 처녀랑 자는 것 같아."

   이렇게 말했다. 이 말은 이 젊은이가 매번 올 때마다 오사다에게 던지는 멘트다.

   "열네댓 살 처녀들이랑도 자는 거야?"라며 오사다는 콧방귀를 뀌며 말했다. 우시노스케는 오사다의 기분이 좀 풀린 것을 보고, "아니야. 나는 술 먹었을 때 다른 여자에게 가기는 해도, 그렇게 바람기는 없어" 했다. 오사다는 가슴속으로 이 우시노스케에게만은 도쿄로 떠난다는 이야기를 해 주어도 괜찮을 거라 생각해 보았지만, 그러면 오야에게 미안하다. 그렇다고 해서 이대로 아무런 말도 없이 헤어지는 것도 서운하다. 그럼 어떻게 해야 좋을지 아까부터 계속 생각하고 있지만 이렇다 할 방도가 떠오르지 않는다.

   "우시노스케." 시간이 잠시 흐르고 오사다가 말했다.

---

* 비로드 : 벨벳이다.

"왜?"

"나 내일…."

"내일? 내일 밤도 올게."

"그게 아니라."

"그럼 뭐야?"

"나 내일, 모리오카에 갔다 올 거야."

"뭐 하러?"

"오야에가 센타로를 보러 가는데 같이 가자고 했어."

"그래, 오야에는 오늘 밤 아무 말도 없었는데."

"그럼 너 오늘 밤에도 오야에를 만나러 갔다 온 거야?"

"그럴 리 없잖아." 우시노스케는 이렇게 말했지만, 조금 당황한 기색이 역력했다.

"그럼 오야에는 몇 시에 만났는데?"

"몇 시에 만났냐면, 8시 정도에. 그 요시라는 가게에서 만났어."

"지금 나한테 거짓말하는 거야?"

"왜 그렇게 생각해?" 우시노스케는 점점 당황한 기색을 보였다.

"어째서고 나발이고, 오늘 밤 해 질 녘까지 내가 오야에와 함께 걸어 다녔는걸."

"그랬나?"라며 우시노스케는 킥킥 웃었다.

"이것 봐라!" 오사다는 큰 목소리로 말했지만 딱히 화가 나 있는 것처럼 보이지는 않는다.

"내일 기차로 가는 거야?"

"곤사쿠 아저씨의 마차를 타고 갈 거야."

"그럼 아침 일찍 가야겠네." 이렇게 말하고, "여비 좀 줄까? 저 손램프 좀 비춰 줘 봐" 했다.

오사다가 잠자코 있자 우시노스케는 성냥불로 손램프에 불을 켜고, 그곳에 벗어 놓은 옷의 호주머니에서 지갑을 꺼내 1원 지폐 한 장을 오사다의 베개 밑에 집어넣어 주었다. 오사다는 손램프를 끄고, "필요 없어"라 했다.

"필요 없긴, 갖고 있는 게 좋아."

오사다는 평소라면 이렇게 돈 받는 것을 좋아하진 않지만, 늘 곁에서 잠을 자는 남자에게 도쿄행 전별금을 받았다고 생각하니 왠지 기쁘다. 오야에는 이런 것은 없겠지라고 생각했다.

좀 전의 귀뚜라미가 아직 어딘가 방구석에서 이따금 생각이 떠오른 것처럼 구슬픈 소리를 내고 있다. 오늘 밤 오사다는 우시노스케를 꼭 껴안은 손을 놓지 않고, 새벽녘을 알리는 닭 울음소리가 연달아 날 때까지, 마구간의 말이 갈기를 흔드는 소리와, 탁탁거리며 벽을 차는 소리를 들으며 이렇다 할 얘기도 없으면서 우시노스케를 보내 주지 않았다.

6.

　그 이튿날 아침은 푹 잠을 자고 있는 것을 오야에가 억지로 깨워, 졸린 눈을 비비며 찬 보리밥에 물을 말아서 대충 식사를 때우고, 막 일어난 부모 형제에게 간단하게 인사를 건넸다. 그리고 마을 입구 가까이에 있는 곤사쿠 아저씨의 집 앞에 도착하니, 물을 뜨러 온 여자들이 모두 잠이 덜 깬 얼굴을 하고, 한 명 두 명 모이기 시작했다. 마차는 벌써 짐을 다 실은 상태였고, 곤사쿠 아저씨는 부인에게 무어라 투덜거리며 다리가 두툼한 검정말을 끌고 와 마차에 줄을 매달았다. "어디 가니?" 물을 뜨러 온 여자들이 묻자, "모리오카에 가" 이렇게 대답했다. 두 사람은 마차에 깔린 돗자리 위에 역방향으로 얌전히 앉았다. 옆에는 짐 보따리를 두었다. 오야에는 마차 위에서 머리를 묶는다며 빗, 머릿기름, 손거울 등을 따로 담은 작은 보자기를 갖고 왔다. 두 사람은 무명옷을 입고 있었지만 하치조에서 만든 짝퉁이었다.

　이윽고 곤사쿠가 말의 엉덩이를 찰싹 두드리며 "이랴, 이랴" 하며 자신도 마차에 올라탔다. 말은 하얀 숨을 내뿜으면서 남쪽을 향해 달리기 시작했다.

두 사람은 아직 머릿속이 멍한 상태로 그저 넋이 나간 표정으로 점점 멀어지는 마을을 보고 있었다. 도로 양측에는 그렇게 오래되지 않은 소나무 가로수가 서 있고, 새벽녘의 쌀쌀함 속에 상쾌한 솔바람이 분다. 풀숲의 벌레 소리도 은은히 들려온다. 100여 미터를 달리자, 마을 끝자락에 있는 우물터 앞에서 하얀 수건을 목에 건 남자의 모습이 보였다. 그 사람은 매일 아침 얼굴을 씻으러 오는 후지타였다. 오사다는 무릎 위에 꼭 쥐고 있던 새로 산 손수건을 들고 까치발로 일어나 매우 빠르게 흔들었다. 후지타는 가만히 서서 이쪽을 바라보는 듯한 모습으로, 손에 든 수건을 들어 흔들려고 하는 순간, 도로가 조금 굽어져서 소나무 가로수에 가려졌다. 그 순간, 오사다는 지금의 행동을 오야에가 어떻게 생각할지 눈치를 채고 창피함과 속상한 마음에 오야에의 얼굴을 보니, 그 예쁜 눈에는 눈물이 맺혀 있었다. 그 모습을 보니, 오사다의 눈에서도 갑자기 눈물이 글썽였다.

모리오카로 가는 50여 리 사이에, 예전에 심은 혹은 새로 심은 소나무 가로수가 몇 그루가 있는지 세어 본 사람은 없다. 두 사람은 머리를 묶으며 20여 리를 갔다. 남은 30여 리는 곤사쿠 아저씨의 쓸데없는 이야기와 두 사람의 어릴 적 추억 이야기를 하며 지나갔다.

이발소의 겐스케 아저씨는, 4년 만에 갑자기 마을을 찾아와, 7일간 거의 모든 곳에서 환대를 받았다. 그리고 7일 동안 도쿄의 화려한 이야기를 반복하여 들려주었다. 마을 사람들은 신기한 듯 이야기를 들었고, 대부분은 조금 부러운 듯했다. 아마 4~5일 더 머물렀다면 오야에나 오사다와 같은 도쿄행 지원자가 세 명 어쩌면 다섯 명이 나왔을지 모른다. 겐스케 아저씨는 득의양양하여, 도쿄에 놀러 오면 반드시 우리 집에 들르라는 말을 모든 사람에게 남기고, 7일째 되는 오후에 이 마을을 떠났다. 고마역에서 40분 걸려 모리오카에 도착하여 예약을 해 놓은 마쓰모토라 하는 여관으로 향했다.

 우선 목욕을 하고 나자, 오야에, 오사다가 찾아왔다. 함께 저녁을 먹고 내일 아침 첫째 기차 편이기 때문에 오늘 밤은 두 사람도 마쓰모토 여관에서 묵기로 했다.

 겐스케는 술 한 병으로 한 시간이나 버티면서, 도쿄에 도착해서의 일이나 사투리를 빨리 고쳐야 한다는 것, 두 사람이 아직 본 적이 없는 전차를 타는 법, 소매치기를 조심해야 한다는 것 등 여러 가지 일을 알려 주며 9시경 잠자리에 들기로 했다. 8조 크기의 방에 침구가 세 개, 두 사람은 어디서 자야 할지 서서 고민하고 있는 사이에, 겐스케가 가운데의 침구에 누워 버렸다. 할 수 없이 두 사람은 오른쪽과 왼쪽으로 나뉘어 잠을 청했다. 한밤중에 잠시 오사다가 눈을 떴을 때에는 베게 옆에 희미하게 켜 둔 램프의 불이 꺼져 있었고, 겐스케의 지독한 코 고는 소리가 온 방 안에 울려 퍼지고 있었다.

다음 날 아침, 겐스케가 두 사람을 깨웠다. 머리를 묶는 것도 밥을 먹는 것도 재빨리 해치우고, 5시에 출발하는 상행선 열차에 몸을 실었다.

7.

도쿄로 가는 도중 기차가 고장이 나서, 세 사람을 태운 기차가 우에노역에 도착했을 때는 그날 밤 7시가 넘었다. 길고 긴 플랫폼, 파도와 같은 사람들, 오야에도 오사다도 그저 위축되어 겐스케의 양쪽 소맷자락을 붙잡은 채, 겨우겨우 개찰구에서 빠져나왔다. 셀 수 없이 많은 인력거와 광장의 저편에서 대낮처럼 온 거리를 비추는 전등 빛, 오사다는 이것들을 본 것만으로도 정신을 잃을 정도로 어지러웠다.

인력거 세 대가 순서대로 겐스케, 오사다, 오야에를 태우고 달렸다. 오사다는 태어나 처음으로 인력거를 탔다. 아직 본 적 없는 꿈을 꾸고 있는 것 같은 마음으로, 도쿄도 없고 고향도 없고, 나 자신 또한 어디로 가 버린 것인지,

있는 것은 눈앞의 인력거에 타고 있는 겐스케의 뒷모습뿐, 그저 멍하니 있을 뿐 도시의 화려함을 자세히 살펴보지도 못했다. 찬란한 불빛, 수천 개의 소리를 합친 듯한 굉음을 내는 도시의 울림, 그 불빛이 오사다를 녹여 버릴 듯하다. 그 소리가 오사다를 짓눌러 버릴 것 같다. 오사다는 그저 무릎 위에 놓은 연둣빛 보자기를 목숨보다 소중한 듯이 꼭 껴안고, 가슴의 떨림을 느끼고 있었다. 주변을 살펴보니 수많은 아름다운 사람들, 훌륭한 사람들이 지나가는 것 같았다. 정말 높은 집도 있는 것 같았다.

조금 어두운 곳으로 와서 안도의 한숨을 내쉬었을 때는 인력거가 마침 혼고 4초메에서 왼쪽으로 꺾어, 기쿠자카초로 들어가는 곳이었다. 오사다는 잠시 뒤돌아 오야에를 보았다.

마침내 인력거가 "야마다 이발소"란 간판을 내건 밝은 집 앞에 멈추었다. 겐스케에게 이끌려 유리문 안으로 들어가니, 눈이 부실 정도로 밝고, 벽에는 거대한 거울, 전등이 아주 많이 내걸려 있었으며, 하얀 옷을 입은 직원도 몇 명이나 있었다. 무엇이 실물이고 무엇이 거울 속의 사람인지, 구분도 못 하고 있는 사이에 또 겐스케에게 이끌려 그 가게의 구석에 있는 다다미가 깔린 방으로 들어갔다.

방에는 들어갔지만, 어디에 앉아야 할지 몰라 잠시 주

춤하여 그대로 서 있었다. 겐스케는 "도쿄는 역시나 덥구나. 인력거를 타는데 땀이 날 정도니 원" 이렇게 말하고, 갑자기 겉옷을 벗어던지려 하자 서른예닐곱 살 정도 되어 보이는 체구가 작은 사모님으로 보이는 사람이 옷을 받았다.

"요즘 어때, 내가 자리 비운 사이 별일 없었지?"

"별로요."

겐스케가 화로 반대편에 털썩 주저앉으며 말했다.

"자 자, 너희들도 어서 앉아. 자, 좀 더 이쪽으로."

"이쪽으로 오세요"라며 사모님이 두 사람을 이상한 듯 쳐다보았다. 두 사람은 인형처럼 그곳에 앉았다. 오야에가 고개를 숙여 인사를 하자, 오사다도 따라서 인사를 했다.

겐스케는, "오키치, 이 처자들은 말이지, 내가 가끔 얘기하던 남부 마을에 있을 적에 아주 큰 신세를 졌던 집의 처자들이야. 이번에 꼭 도쿄에 와서 1~2년 가정부 일을 하고 싶다고 해서 함께 오게 된 거야. 이쪽은 내 마누라예요"라며 두 사람을 쳐다보았다.

"아, 그렇군요. 편지에도 그런 내용이 있었다고 신타로가 말을 했었지요. 두 분 정말로 먼 곳에서 잘 왔어요."

"잘 부탁드려요…"라고 아주 고통스러운 듯 말을 건네

며 얌전하게 머리를 숙였다.

"그리고 말이야, 이번에 일주일 가 있는 동안, 이쪽 오야에의 집에서 신세를 지고 왔어."

"아, 그래요? 정말로 신세를 졌군요. 먼 곳에서 잘 왔어요. 자, 두 사람 다 자기 집에 왔다고 생각하고 편하게 구경이라도 하시죠."

오사다는 이때, 깜빡하고 선물을 사 오지 않은 것을 깨닫고 스스로를 책망했다.

오키치는 작고 야무진 얼굴의 여자로, 시골 출신의 두 사람은 본 적도 없을 만큼 행동이 재빠르다. 검정 수자색 장식용 깃이 달린 면 겹옷을 입고 있었다.

그리고 두 사람은 이름과 나이 등을 오키치에게 질문받았지만, 대충 겐스케가 대신해서 대답을 해 주었다. 지는 걸 싫어하는 오야에조차도 마치 목이 막힌 것처럼 말 한마디 제대로 나오질 않는다. 하물며 오사다는 앞으로 어떻게 저런 부드러운 말투를 익혀야 할지 걱정이 되었고, 오키치의 얼굴이 자신들을 향하면 또 어떤 질문을 할지 몰라 정신이 없다.

"아버지, 다녀오셨어요"라며 겐스케의 외동아들인 신타로도 들어왔다. 두 사람에게 인사를 하고, 6년 전에 한 번 오사다의 고향에 간 적이 있었다는 말을 시작으로 여러 가지 이야기를 했다. 두 사람은 다시 어떻게 답을 해야 할지 몰라 곤란했다. 신타로는 6년 전의 모습은 거의 없고, 지금은 아주 건장한 스물네댓 살의 청년이 되어 있었다. 아버지와는 달리 키가 크고, 다부지게 허리띠를 맨 멋진 모습에, 머리카락은 깔끔하고 정리되어 있으며, 콧대가 높고, 피부색은 여전히 희다.

원래 겐스케는 시즈오카 출신으로, 신타로가 두 살이 되던 해에 홀연히 집을 떠나, 도쿄를 거쳐 센다이, 모리오카에 머물렀다. 그 모리오카에 머물렀을 때, 시라이 님의 친척이 운영하는 주조장 옆의 이발소에 있었는데 주선해 주는 사람이 있어 오사다의 고향 마을로 가게 된 것이었다. 그런데 아버지가 돌아가시게 되어 고향으로 돌아간 후, 많지 않은 집과 땅을 팔아, 눈이 보이지 않는 어머니와 오키치, 신타로를 데리고 도쿄로 온 것이었다. 그 어머니는 작년 말 돌아가셨다.

차를 내왔다. 두 사람은 본 적도 없는 과자도 내왔다.

겐스케와 오키치와의 대화가, 이번에 돌아가신 하코다테의 백부의 일, 그 장례식에서의 일, 그 후 남겨진 가족들에 대한 이야기로 넘어가니, 몸이 돌처럼 굳어져 오사다의 다리에는 쥐가 나기 시작하고 관절 마디가 쑤신다. 울고 싶은 것을 겨우 참아 내며 가만히 다다미만 쳐다보자니 괴롭다. 9시 반이 되어 겨우 "많이 피곤하지요?"라며 이층의 6조 크기의 방으로 데려갔다.

일어설 때는 다리에 감각이 없어서 자칫 앞으로 넘어질 뻔한 것을, 마찬가지로 비틀거리는 오야에를 부여잡아 겨우 면했다. 두 사람은 쓴웃음을 지었다.

짐 보따리를 가지고 이층으로 올라가니, 오키치가 두 사람분의 이불을 들고 와 빠르게 펴 주었다. 그리고 좁은 이부자리 사이에 잠시 앉아, 이런저런 격려의 말을 해 주고 다시 내려갔다.

두 사람만 남게 되자, 안도의 한숨을 깊게 내쉬고 방금 전에 오키치가 앉았던 바닥에 털썩 주저앉았다. 그렇게 10분 정도를 고향 말로 몰래몰래 이야기를 나누었다. 역시 선물을 깜빡하고 사 오지 않은 것은 실수였다고 오야에도 생각했다. 두 사람이 나눈 이야기는, 젠스케 아저씨도 친절하지만 오키치 또한 마음을 터놓을 수 있는 친절한 사람이란 것이었다. 두 사람 모두 고향에 관한 일은 얘기하지 않았다.

이상하게도 이때는 오사다가 더 말이 많았고, 그 말 많은 오야에는 시종일관 맞장구만 칠 뿐이었다. 잠자리에 들었으나, 두 사람 모두 잠이 오질 않았다. 그렇다고 해서 딱히 할 말도 없고, 희미한 램프의 빛에서 서로의 얼굴을 보고서는 그저 수줍게 미소를 지을 뿐이었다.

8.

 다음 날 아침, 베개 주위가 환해졌을 무렵 오사다가 먼저 눈을 떴다. 아아, 도쿄에 왔지, 이렇게 생각하니 어젯밤 다리가 저렸던 것이 생각난다. 해서 무릎을 펴 보기도 하고 구부려도 보았지만 괜찮다. 아래층에서는 아직 아무도 일어나지 않은 것 같다. 이 세상이 숲처럼 아주 고요하며, 인력거 위에서 본 도로가 어딘가로 사라져 버린 것 같은 기분도 든다. 문득 '물을 뜨러 가야지'라고 생각했지만, '아, 여기는 도쿄지' 이렇게 생각하며 살짝 웃었다. 그로부터 2~3분간은 도쿄에서는 어떻게 물을 뜨는 것일까? 이런 생각을 했다. 오야에가 몸을 뒤척이며 이쪽으로 얼굴을 돌렸다. 무슨 꿈을 꾸고 있을까, 미간을 찌푸리면서 괴로운 듯이 숨을 내쉰다. 오사다는 그 모습을 보자 곧장 일어나 작은 목소리로 오야에를 깨웠다.

 오야에는 깊게 숨을 내쉬며 눈을 크게 뜨고 오사다의 얼굴을 이상한 듯 쳐다보았다.

 "아, 우리 집이 아니지"라며 벌떡 일어났다. 그러고는 아직 납득이 안 가는 듯 주위를 둘러보더니,

 "오사다, 나 방금 꿈을 꿨어."

라며 가벼운 말투로 말을 꺼냈다.

"고향 꿈이야?"

"응, 고향 꿈이야. 무서웠어"라며 오사다의 무릎으로 몸을 기울이고 한쪽 손을 어깨에 댔다.

그 꿈은 다음과 같다.

마을에서 누군가 죽었다. 누가 죽었는지는 모르지만, 아무래도 노인인 것 같다. 그리고 그 장례식이 면사무소에서 치러졌다. 남자도 여자도, 마을의 모든 사람이 장례 행렬에 참여했는데, 그곳에서 순경이 칼집에 손을 갖다 대면서 "말을 삼가시오, 말을 삼가시오" 이렇게 말했다. 북쪽의 마을 어귀에서 동쪽으로 꺾이자, 150여 미터의 절길. 그 절반 정도까지 갔을 때에는, 장송 나온 사람이 남자들뿐, 게다가 모두 양복을 입거나 예복을 입고 있고, 멋진 모자를 쓴 수염이 나 있는 사람들이었다. 그들 중에서 나만이 인력거 위에 묶여 가는데, 어떤 사람이 인력거를 끌고 가는지는 모른다. 삼나무 아래를 지나서 절의 정원을 세 번 돌고, 본당에 들어서자, 관 속에서 뭐라 말할 수 없는 예쁜 옷을 입은 아름다운 공주님 같은 사람이 나와서 중앙에 앉았다. 나도 남자들과 앉자, "너는 여자니까"라며 앞쪽으로 끌어냈다. 본 적도 없는 많은 동자승들이 안쪽에서 나와, 종과 북을 치기 시작했다. 그 곡은 랏파 곡이었다. 늘 그랬던 것처럼 스님이 채를 들고 나와, 아름다운 공주님 앞으로 가서 인사를 하고 내 쪽으로 걸어왔다. 굽이 높은 나막신을 신고 있다. 그리고 내 앞에 딱 서서, "오야에, 너는 저 공주님 대신에 무덤에 들어가는 거다"라고 말했다. 그러자 어느새 겐스케 아저씨가 내 옆으로 다가와서 귀에다 대고 "싫다고 말해, 싫다고 말해" 이렇게 말하라고 알려 주었다. 그래서 "싫습니다"라고 말하고 옆을 돌아 보니, (이때 몸을 뒤척였을 것이다) 스님이 돌아와서, 수염이 없는 턱에 손을 대고 마치 수염을 쓰다듬는 것처럼 행동을 하니, 붉은 피와 같은 수염이 자라났다. 배꼽 부근까지 자라났다. 그리고 눈을 접시처럼 크게 뜨더니, "이래도?"라며 격노했다. 그때에 잠에서 깼다.

오야에가 꿈 이야기를 끝내고 나니, 두 사람의 마음은 아주 꺼림칙해져 잠시 의미심장하게 서로의 눈을 마주 보았지만, 어느 쪽도 속마음을 말하지는 않았다. 그럭저럭 하고 있는 사이, 아래층에서는 겐스케가 크게 하품을 하는 소리가 났고, 얼마 후 오키치가 뭐라고 말을 한다. 5분 지나 누군가 일어난 듯한 소리가 나고, 두 사람은 일어서서 허리띠를 맸다. 이불을 개려고 했는데 오야에가,

"오사다, 어젯밤 이 이불 가지고 왔을 때 앞쪽으로 갠 상태였어, 뒤쪽으로 갠 상태였어?"

라고 물었다.

"글쎄, 어느 쪽이었지?"

"어느 쪽이었을까?"

"어떻게 하지?"

"그러게"라며 두 사람은 다시 멍하니 서서 서로의 눈을 마주 보았다.

"앞쪽이었던 것 같아." 오야에가 말했다.

"앞쪽이었어?"

"그래."

"그렇구나."

이렇게 두 사람은 이불을 개어 방구석에 올려놓았다. 그리고 이렇게 이른 시간에 아래층으로 내려가도 괜찮은지 망설였다. 어떻게 해야 할지 상의한 결과, 어쨌든 조금 더 기다리기로 하고 방 한가운데에 선 채로 주위를 둘러보았다.

"오사다, 기둥이 가늘어"라고 목수 딸인 오야에가 말했다. 굵은 나무를 볼품없이 조립한 남부의 시골집에서 자란 이들의 눈에 도쿄의 집은 지진이라도 일어나서 흔들리면 위험할 정도로 기둥도 문틀 지지대도 가늘어 보인다.

"정말이네"라고 오사다도 말했다.

어젯밤 본 아래층의 모양을 생각해 보아도, 이 방의 다다미도 오래되었고, 벽지도 군데군데 찢어져 있고, 천장이 손에 닿을 정도로 낮은 점 등으로 보아, 겐스케의 집은 두 사람 및 마을 사람들이 생각한 것 같은 그런 좋은 집은 아니었다. 두 사람은 다시 그것에 대해서 이야기를 나누었다. 오야에가 문득, 150센티미터 크기의 도코노마*에 걸려 있는 일곱 복신의 액자를 가리키며, "저게 뭔지 알아?" 하고 물었다.

"에비스, 다이코쿠* 신이잖아."

두 사람은 도코노마에 걸터앉아, "오사다, 이게 뭔지 알아?"라며 그림 안의 사람을 가리켰다.

"망치를 들고 있는 사람은 다이코쿠 신이야."

"이쪽은?"

"에비스 신이지."

"그럼 이건 뭐야?"

"호테 신이야. 배가 불룩 튀어나왔지. 어라? 고향 마을의 추타 아저씨랑 비슷하네"라며 두 사람은 추타 아저씨의 무서울 만큼 튀어나온 배를 떠올리며 소맷자락을 입에

---

* 도코노마 : 액자나 화병 등을 장식하는 공간이다.
* 에비스, 다이코쿠 : 부와 복을 비는 신이다.

댄 채로 잠시 어린아이처럼 웃었다.

아래층에서 부엌문을 여는 소리나, 찌개를 끓이는 소리가 들려서 오야에가 먼저 일어서서 계단을 내려갔다. 오키치는 두 사람을 보자, "어머, 너희들 벌써 일어났네, 더 자도 괜찮은데"라며 웃음을 지었다. 두 사람이 부엌 쪽의 문틀에 손을 얹고, "안녕히 주무셨어요"라고 우물쭈물 말하자, 오키치는 그 모습이 귀여워 살짝 몸을 돌려 웃으며, "너희들도 잘 잤니?"라고 밝게 맞이했다. 잠은 잘 잤는지, 고향에 관한 꿈을 꾸지는 않았는지, 오키치는 어젯밤보다도 더 친근하게 이런저런 말들을 건넸다.

"너희들 고향에는 아직 수도는 없지?"

두 사람은 서로를 마주 보았다. 수도가 대체 뭐지? 그 이야기는 겐스케에게서도 들은 기억이 없다. 뭐라 대답을 해야 할지 망설이자, "어쨌든 대충이라도 도쿄에 대해서 알아 두어야 가정부 일을 하더라도 수월할 테니깐, 나와 함께 가자. 이것저것 알려 줄 테니깐"이라며 물통을 들고 아래로 내려갔다. "아, 예." 두 사람은 이렇게 대답하고 서둘러 가게에서 자신들의 나막신을 가지고 와, 부엌문으로 나가자 오키치는 이미 저 앞쪽에서 기다리고 있다.

별다른 건 없다. 작은 우편함 같은 것이 세워져 있고, 주변의 땅에 물이 흐르고 있다.

"이것이 수도란 거야. 잘 봐. 그것으로 이렇게 하면 물이 콸콸 나오는 거야." 오키치는 웃으면서 수도꼭지를 틀었다. 그러자 물이 콸콸 흘러나왔다.

"우와"라고 오야에는 자기도 모르게 탄성을 질렀으나, 바로 부끄러운 듯 얼굴이 불처럼 빨개졌다. 오사다도 입 밖으로 소리를 내지 않았지만, 마찬가지로 "와아"라는 소리가 목구멍까지 나온 것이 창피하여 얼굴이 붉어졌다. 오키치는 그사이에 가득 찬 통과 빈 통을 바꾸고, "자, 누가 이 수도꼭지를 틀어 보렴"이라 했다.

마치 소학교 선생님이 가르치는 듯하다. 두 사람이 눈빛으로 서로에게 양보를 하듯이 좀처럼 손을 뻗으려 하지 않자, "무서워할 거 없어요"라며 오키치가 웃었다. 그래서 오야에가 큰 결심을 하고 이상한 손동작으로 수도꼭지를 힘을 다해 틀자, 특별한 장치가 있는 것도 아닌데 물이 바로 나왔다. 대충 방법을 터득한 오야에는 의기양양하게 가볍게 소리를 내며 웃으면서 오사다의 얼굴을 쳐다보았다.

돌아오는 길에 오키치가 그러지 않아도 된다고 하는데도, 두 사람이 한 통씩 가볍게 들고 부엌 입구까지 옮기자 뒤에서 오키치가, "어머, 너희들 정말 힘이 세구나!"라며 웃었다. 이 말에 담긴 의미를 알아차릴 정도로 영리한 오사다가 아닌지라, 왠지 칭찬을 받은 듯한 기분이 들어서 입가에 살짝 미소가 흘렀다.

그리고 세수를 하라고 해서, 서둘러 이층에서 연두색 수건, 머리빗 등을 챙겨서 왔다. 거울은 가게에 있는 큰 것을 쓰라고 해서 조심스럽게 여러 가지 화려한 도구들로 꾸며져 있는 가게로 갔다. 두 사람은 머리를 묶었다. 이윽고 이층 앞쪽 방에 묵고 있는 직원이 일어나 두 사람을 보더니, "안녕하세요?"라고 인사를 하며 묘한 미소를 띠었다. 두 사람은 왠지 쑥스러운 마음에 얼굴을 붉히며 머리카락을 길게 늘어트린 채로 거울에 비치는 자신들의 모습조차도 부끄러워 서둘러 머리를 묶었다. 그 와중에도 오야에는 때때로 곁눈질로 직원이 하고 있는 것을 보고 있는 것 같았다.

모든 것이 이런 식으로 움직였고, 아침밥도 먹었다. 그 아침 식사 때에 같은 식탁에 겐스케 부부와 신타로, 오야에, 오사다 다섯 명이 서로 마주 보며 앉아서, 두 사람은 밥 세 공기를 먹지는 않았다. 그날은 겐스케가 15일간의 여행에서 돌아왔기에, 나누어 줄 선물을 들고 이웃집들을 돌아다녀야 하기 때문에 오키치는 집을 비울 수 없었다. 해서 도쿄 구경은 내일 하기로 했다.

두 사람은 익숙지 않은 손놀림으로 설거지 등 뒷정리를

돕고, 둘이서만 물을 뜨러 갔다. 그때 오야에는 이미 한번 수도꼭지를 트는 경험을 해 보았기 때문에 상급생 같은 태도로, "역시 도쿄는 다르네!"라고 말했다.

이렇게 그날은 하루 종일 안쪽 이층 방에서 보냈다. 오키치는 이따금 찾아와서 가정부 일을 할 때, 주의해야 할 것에 대해서 이것저것 알려 주었다. 오사다는 어설픈 격식 따윈 버리고 거침없이 말을 하는 이 여자를 이 세상에서 유일하게 믿을 수 있는 사람이라 생각했고, 과거에 자신들의 고향 면사무소에 모리오카에서 온 적이 있는 부면장님의 사모님보다도 더 친절한 사람이라 생각했다.

오키치가 두 사람에게 말하는 모습을 만약 누군가 옆에서 보았다면 그 모습이 얼마나 이상했을지 모른다. 빨리 말투를 고쳐야 한다고 말하고는, 우선 짧은 말부터 연습하자고 했다.

"잘 알겠습니다", "다녀오십시오", "다녀오셨습니까", "그렇습니까" 등 반복하여 계속 가르친다. 두 사람은 속으로 그것을 흉내 내 보지만, 좀처럼 오키치처럼은 되지 않는다. 고향 말로 "그래유"와 "그렇습니까"는 우선 말의 길이가 다르다. 두 사람은 "그렇"만 발음을 세게 하는 등, 여하튼 "그렇, 습니까" 이렇게 둘로 나누어 발음한다. "자, 한마디 소리 내어 볼까요"라고 오키치가 말하자, 두 사람 다 얼굴을 붉히고는 서로에게 순서를 양보한다. 그러고서 오키치는 다시 두 사람이 너무 얌전히 있기에, 가게에 가 보거나 잠깐 거리를 걸어 보거나 하는 것이 어떻겠냐고 말한다. "집 앞에서 어젯밤 인력거가 온 쪽으로 조금 가면 혼고 거리가 나올 거야. 그곳은 아주 번화한 곳이지. 그곳의 모퉁이에는 백화점이라 하여 뭐든 파는 곳도 있고, 오른쪽으로 가면 3초메, 왼쪽으로 가면 아카몬 앞이야. 아카몬이라 하면 대학을 말하는 거야. 그, 일본 최고의 학교, 이름 정도는 들어 봤겠지. 뭐 그리 걱정하지 않아도 돼. 정신만 차리고 걸으면 어디를 가더라도 미아는 되지 않을 거야. 모퉁이의 백화점과 우리 가게의 간판만 알고 있으면 돼." 이렇게 말하고, "그, 우리 가게 간판에는 이렇게 쓰여 있어"라며 집게손가락으로 바닥에 "야마다"라고 희미하게 써 보여 주었다. "야마다라고 읽는 거야."

두 사람은 약간 우쭐하여 고개를 끄덕였다. 왜냐하면 두 사람 모두 소학교는 마쳤기 때문에 "야마"의 한자도 "다"의 한자도 알고 있었기 때문이다.

그래도 좀처럼 아래층으로 내려가는 것은 내키지 않아, 둘만 있게 되면 소곤소곤 이야기를 나누고는 소맷자락을 입에 대고 소리를 내지 않고 웃었다. 저녁 무렵이 되자 오야에의 제안으로 거리로 나갔다.

정말로 페인트로 칠한 큰 간판에는 "야마다 이발소"라고 쓰여 있고, 맞은편에는 꽃 과자로 장식한 과자점이 마주 보고 있다. 두 사람은 이 집을 절대로 잊어버려서는 안 된다며 왼쪽 오른쪽 주위를 둘러보았다. 그러자 이발소에서 네 명의 직원이 모두 두 사람을 보고 웃는 듯했다. 두 사람은 교대로 뒤를 돌아보며 몇 발자국 걸었는지 마음속으로 계산하면서 두 블록 정도를 지나 혼고관 앞에 도착했다.

오사다가 모리오카의 사카나초 정도라고 생각한 기쿠자카초는, 번화한 이곳에 와서 보니 마치 시골 같았다. 아아, 도쿄의 거리! 오른쪽에서 왼쪽에서 시시각각 밀려오는 인파! 삼면에서 전차와 사람이 밀려오는 3초메의 요란함은, 마치 지금 당장 전쟁이 일어난 듯하다. 오사다는 한 발자국도 앞으로 나아갈 수 없었다.

백화점은 작긴 하지만 모리오카에도 있다. 오야에는 혼고관에 들어가 보지 않겠냐고 말을 꺼냈으나, 오사다는 "이다음에"라며 주저했다. 오야에가 어찌할지 몰라 서 있자 인력거꾼이 다가와 자꾸 타라고 재촉한다. 두 사람은 무서워서 왔던 길로 내달렸다. 이때도 등 뒤에서 웃는 소리가 들렸다.

첫째 날은 이렇게 저물었다.

9.

이튿날, 오키치에 이끌려 아침 8시부터 구경하러 나섰다.

먼저 아카몬을 보러 갔다. "이런 학교에도 선생님이 있나요?"라고 오사다가 중얼거리자, "있지요"라며 잘난 체하듯 말했다. 시노바즈 호수를 보고서는 바다와 같다고 생각했다. 오사다의 마을에는 산과 강, 논과 밭밖에 없기 때문이다. 우에노의 숲, 이야기로만 들은 동상보다도 나무 숲 속의 불상이 더 훌륭해 보였다. 전차라고 하는 것도 처음으로 타 보았다. 아사쿠사는 인산인해, 공굴리기 곡예에 손에 땀을 쥐었고, 수족관의 지하실에서는 겐스케의 이야기를 떠올리며 허리띠의 중간에 넣어 둔 지갑을 꽉 잡았다. 사람들이 소매치기로 보인다. 료운가쿠는 너무 높아 무서워서 결국 올라가지 못했다. 아즈마바시에 가서는 도쿄는 강마저도 크구나, 이런 생각을 했다. 료고쿠의 스마다강 축제에 대한 이야기를 오키치에게 들었지만 무슨 내용인지 끝내 이해하지 못했다. 밀물에 긴 부채 모양의 꼬리를 남기며 나아가는 증기선은 꽤나 이상한 것이었다. 긴자 거리, 신바시역, 백화점에도 몇 번이나 들어갔다. 후타에바시는 천자님의 출입문이라고 들어 고개를 숙여 예를 표했다. 히비야 공원에서는 잘생긴 젊은 남녀가 손을 잡고 걷는 것을 보고 놀랐다.

스다초에서 환승 방향을 잊어버려 방금 온 방향으로 되돌아가는 것이라고 생각하고 있었는데, 혼고 3초메에서 내린다고 한다. 오사다는 이미 해가 지고 있는데 더 돌아다녀야 하는지 정신이 없었고, 한 블록도 못 가서 혼고관 옆으로 돌았을 때에는 도쿄의 도로는 이상하다고 생각했다.

이발소에 도착했더니, 겐스케가 검은 이마에 핏대를 세우고 화로 저편으로 고함을 치고 있다. 그 앞에는 열일곱 살 정도로 보이는 직원이 머리가 땅에 닿도록 엎드려 있다.

얼마 전부터 보이지 않았던 바리캉 한 개를 이 직원이 어딘가에 몰래 숨겨 놓은 것을 발견했다고 한다. 오사다는 이층에 있는 짐 보따리가 걱정이 되었다.

두 사람은 이미 몸도 마음도 녹초가 되었다. 점심때 어딘가에서 소바 한 그릇 먹은 것이 전부지만, 불이 켜지고 저녁 시간이 되자 겨우 밥 한 공기를 먹었다. 머리는 멍하고 이렇다 할 생각은 떠오르지 않는다. 이야기에도 흥미가 없다. 귓속에서는 아직도 요란스러운 도시의 소리가 울리고 있다.

운 좋게 좋은 일자리가 들어왔지만, 먼저 4~5일 정도는 느긋하게 노는 것이 좋다고 하는 겐스케의 말을 듣고, 두 사람은 저녁을 먹고 얼마 지나지 않아 이층으로 올라갔다. 두 사람 모두 "아 피곤해" 이런 말만 하며, 털썩 주저앉아 말도 하지 않는다. 어딘가 아주 먼 곳에 갔다 온 듯한 기분이 들었다. 아사쿠사나 히비야 이런 단어만 들으면 아주 가까운 것 같지만, 그곳에 대해 말하기 위해서는 먼 곳까지 갔다 와야만 할 것 같은 생각이 들었다. 한 시간 전까지 보고 온 여러 곳이나 이것저것들을 마음속으로는 셀 수 있지만, 그 경치는 좀처럼 눈에 그려지지 않는다. 눈을 감으면 요란스러운 소리와 공굴리기 곡예, 백화점의 커다란 꽃병이 힐끔힐끔 마음을 스쳐 간다. 발밑에서 비둘기가 날아가기도 한다.

오키치가 "전차만큼 편리한 것은 없지"라고 말했다. 그러나 오사다에게는 전차만큼 무서운 것도 없었다. 선로를 건널 때의 심경은 떠올리는 것만으로도 식은땀이 난다. 뒤를 돌아보아 저편에서 기차가 오는 것 같으면 벌써 발이 움직이지 않는다. 겨우 선로를 건너 20여 미터 가고 나면 힘껏 바깥쪽으로 내달린다. 일단 안심하고 나니 심박수가 높아진다. 게다가 전차를 타고 있을 때는 너무 지루하다. 양복을 입은 남자와 어깨가 맞닿으면 이유 없이 몸이 위축되어 버려, 잠깐 목을 움직이기만 해도 목덜미가 뻐근하다. 멈췄다고 생각하면 출발한다. 출발한다고 생각하면 멈춘다. 사람들의 끝없는 승하차, 틀림없이 타고 내리는 것이 신기하다. 전차를 한 블록 타느니 산길 30리를 맨발로 걷는 것이 훨씬 더 낫다.

　대도시는 그 어마어마한 굉음으로 오사다의 마음을 압도했다. 그러나 오사다는 딱히 고향에 돌아가고 싶다고 생각하지 않았다. 그렇다고 하여 도쿄가 좋다는 것도 아니다. 여기에 있겠다고 생각지도 않지만 떠나겠다고도 생각지 않는다. 한 치 앞도 모르고, 한 치 뒤도 모른 채, 온순한 오사다는 지쳐 있다. 그저 지쳐 있을 뿐이다.

　센베를 담은 접시를 가지고 이층으로 올라온 오키치는 내일 목욕탕에 데려가 주겠다고 말하고 다시 내려갔다.

　두 사람은 9시 전에 이불을 폈다.

　셋째 날은 비가 왔다.

　넷째 날은 비가 오는 듯 마는 듯했다. 9월도 벌써 20일이 지났기 때문에 늦더위의 땀을 씻어 주는 빗줄기가 초가을 같은 일시적인 쌀쌀함을 느끼게 하고, 촉촉이 처마 밑을 적시는 소리가 산속 마을에서 듣던 것과는 다르게, 음산한 기분이 들게 한다. 두 사람은 쓸쓸하게 서로를 마주본 채로 별말 없이 고향을 떠올렸다.

　점심을 마치고 두 사람이 아직 오키치와 함께 부엌에

있을 때, 두 사람의 가정부 일을 알선해 주겠다는 겐스케의 사업 동료인 한 남자가 찾아와, 의뢰인이 한시가 급하다고 하시니 오늘 중으로 결정하는 것이 어떠냐고 물었다.

겐스케는 두 사람이 아직 도쿄에 대해서 잘 모른다고 말했으나, 오키치는 가서 해 보지 않으면 아무리 시간이 지나도 익숙해지지 않는다는 그 남자의 말에 찬성했다. 결국 가기로 정해졌다.

그래서 오키치는 먼저 오야에를, 그다음 오사다의 머리를 두 갈래로 땋아 주었으나, 오사다는 앞머리를 너무 크게 땋은 것이 아닌가 하고 생각했다. 허리띠도 묶어 주었다.

3시경이 되어, 오야에가 먼저 겐스케를 따라 나갔다. 오사다는 갑자기 외로워져서 일곱 복신을 모신 도코노마에 걸터앉아 작은 가슴을 억눌렀다. 눈에는 커다란 눈물이 맺혔다.

한 시간이 지나자 겐스케가 돌아와서는, 의뢰인인 사모님은 친근함이 느껴지는 분으로, 오야에를 보자마자 오야에는 수돗물을 반년만 쓰면 대단한 미인이 될 것이라고 말한 것 등 여러 이야기를 해 주었다.

일찌감치 저녁 식사를 마치고, 이번에는 오사다의 차례

가 되었다. 바로 언덕 위의 집이라고 해서, 짐 보따리를 든 채로 해 질 녘 비가 갠 사이에 겐스케의 뒤를 따라나섰지만, 어떻게 인사를 해야 할지 몰라 가슴을 졸이며 초조하게 걸었다. 겐스케는 그쪽도 오사다가 시골 출신이란 것을 알고 있으니, 매사에 실수 없도록 사모님이 말하는 것을 잘 들으라고 반복하여 알려 주었다.

마사고초의 어느 작은 골목길, 오른쪽에 "오노"라고 표기되어 있는 막 전등불이 켜진 집으로 가서, "이 집이다"라며 겐스케가 입구의 문을 열었다. 오사다는 지금껏 경험해 보지 못한 불안에 휩싸였다.

겐스케는 30분이 지나자 집으로 돌아갔다.

대나무 장식의 램프가 밝게 빛난다. 찻장이며 장롱이며 시계며 장롱 위에 놓인 화려한 거울대 등, 방 안에 있는 모든 물건들이 오사다의 눈에 그저 신기하고 멋있게 보였다. 먹감나무로 만든 화로 맞은편에 두툼한 방석에 앉아 있는 사모님의 나이는 스물대여섯 살 정도로 보였고, 입은 약간 여덟팔자 모양으로, 코끝은 살짝 아래로 처져 있지만, 오사다에게는 그저 화려한 사람으로 보였다. 오사다는 전등 빛에 작아져서 돌멩이처럼 앉아 있었다.

은행을 다니는 사람이란 것만 듣고 왔는데, 오사다는 은행에 대해서 아무것도 모른다. 그 남편분은 아직 귀가

하지 않았는데, 다섯 살쯤으로 보이는 눈이 초롱초롱한 남자아이가 사모님 옆에 누워서 어떤 그림이 그려져 있는 잡지를 보며 가끔씩 신기하다는 눈으로 오사다를 바라보았다.

사모님은 겐스케를 배웅하고 나서, 손에 램프를 들고 오사다에게 집 안의 여러 방들을 안내해 주었다. 현관의 장지문을 열면 3조 방, 옆에는 6조 방, 그 안쪽에는 8조 방, 그 안에 또 하나의 6조 방이 있는데 주인 부부의 침실이다. 부엌 옆은 오사다가 쓰게 될 4조의 좁고 긴 방이고, 이 층의 8조 방은 주인의 서재다. 사모님은 하얀 피부의 왼쪽 팔을 보이며 화로대의 가장자리에 팔꿈치를 괴고서, 오사다를 위해 내일부터의 일과가 될 것들에 대해서 자세히 설명해 주었다. 어느 문을 제일 먼저 열어야 하는지, 어느 방의 청소는 아침 식사가 끝난 뒤에 해도 되는지, 손님이 방문할 때에는 어떻게 맞아야 하는지부터, 나막신을 정리하는 법, 심부름으로 오는 아이들을 대하는 방법까지, 생기 없는 목소리로 순조롭게 말을 이어 나갔지만, 오사다에게는 겨우 요령만 이해되었다.

그때 주인님이 귀가하셨다. 사모님은 자리를 양보하고 반대쪽의 좀 전까지 겐스케가 앉아 있던 방석으로 자리를 옮겼다.

"당신, 오늘은 좀 늦었네요."

"응, 오늘은 중역인 스즈키의 집에 들렀다 오느라 말이지. (이렇게 말하고 오사다의 얼굴을 보더니) 이 아인가, 이번의 가정부는?"

"네, 아까 기쿠자카의 이발소 사장이 데리고 왔어요. (오사다를 보며) 이분이 주인님이야. 인사하렴."

"네"라고 조그맣게 겨우 대답한 오사다는, 좀 전부터 벌써 그 인사말을 어떻게 할지 걱정을 하고 있었고, 어깨를 움츠리고 마음을 졸이고 있어서 그런지, 막상 인사를 하라고 하니 점점 얼굴이 새빨개졌다.

"잘 부탁드립니다"라고 작은 목소리로 인사하고 두 손을 모았다. 주인님은 서른두세 살로 보이는, 수염이 기품이 있는 훌륭한 사람이었다.

"이름은?"

이 질문을 시작으로 나이, 고향, 부모님 등에 대해서 질문을 받았다. 학교를 다녔는지도 물었다. 오사다는 어떻게 말해야 할지 망설였고, 질문을 받을 때마다 구멍이 있으면 숨고 싶었다. 다리가 견딜 수 없을 정도로 저렸다.

잠시 후, "오늘 밤은 아무것도 하지 않아도 좋으니, 좀 전에 알려 준 저 램프를 켜고 4조 방에 가서 쉬렴. 이불은 그곳에 있는 벽장에 있을 거야. 그리고 익숙해지기 전까지는 밤에 화장실 갈 때 헤맬 수도 있으니 램프는 불을 약하게 해 놓고 위험하지 않은 곳에 두는 것이 좋을 거야."
사모님에게서 이런 배려의 말을 듣고 성냥을 건네받았을 때 오사다는 얼마나 기뻤는지 모른다.

설명을 들은 대로 4조 방으로 가서 먼저 두 다리를 쭉 펴고 무릎을 가볍게 주먹으로 두드렸다. 방 한쪽의 두 개의 장지문에 채광창이 붙어 있는데, 낮에는 꽤 어두울 것 같다. 창문 반대쪽에 있는 안쪽 벽장을 열어 보니 이불도 들어 있고 베개도 있다. 하지만 어디선가 악취가 코를 찌른다.

오사다는 그곳에 앉아, 문지방에 한쪽 손을 갖다 대고 한 시간이나 움직이지 않았다. 먼저 내일 아침 자신이 해야 할 일을 마음속으로 세어 보고 있자니, 오야에는 지금쯤 무엇을 하고 있을지 친구 걱정이 됐다. 고향을 떠난 이래로 한 번도 떨어진 적이 없었던 친구와 떨어졌고, 겐스케와 오키치와도 떨어졌다. 아아, 자신이 지금 처음으로 혼자가 되었다고 생각하니, 얌전한 처녀 마음에 눈물이 맺힌다. 도쿄의 식모살이! 고향에서 생각했을 때에는 매우 화려하고 재미있는 생활이라고 생각했는데…. 그러고 보니 나는 아직도 편지 한 장을 고향에 보내지 않았다. 이렇게 생각하니 부모님의 얼굴과 동생들의 목소리, 말, 친구들, 풀베기, 물 긷기, 태어난 고향 마을이 상세히 떠올라 오사다는 살짝 눈물을 머금은 채로, '어머니, 용서해 주세요'라고 마음속으로 몇 번이고 중얼거렸다.

그럭저럭하는 사이에도 신경이 날카로워져 벽 너머로 들려오는 주인 부부의 목소리에, 혹시 내 이야기를 하는 것이 아닌지 신경이 쓰였지만, 시계가 10시를 가리키자 모두 잠자리에 든 것 같다. 오사다는 혹시라도 늦잠을 자서는 안 된다고 생각하여, 겨우 눈물을 닦고 이부자리를 폈다.

램프 밝기를 줄이고 잠자리에 누우니 기분이 조금은 편해졌다. 오야에도 지금쯤 자고 있겠지, 또다시 친구를 떠올렸다. 손을 펴서 이불을 덮자, 어딘가 포근해 보이는 솜이불의 감촉이 참으로 부드럽다. 고향에서 덮고 잔 것은, 널빤지처럼 얇고 단단하고 거친 무명에 무늬를 넣은 것이었다. 이곳의 이불은 겐스케의 집에서 덮던 것보다 더 부드럽다. 그리고 전에 이곳에 머물던 가정부들의 땀, 머릿기름 등이 배어 있지만, 오사다에게는 처음으로 덮어 보는 비로드로 만든 이불이었다. 오사다는 문득 우시노스케가 이따금 자신의 볼을 매만지며 비로드 같다고 말한 것을 떠올렸다.

또 비가 오는 것 같다. 고요하게 내리는 빗소리가 베개 맡으로 전해졌다. 오사다는 잠시 넋을 잃고 자신의 볼을 비로드 이불에 비벼 보며, 엷은 미소를 입가에 머금은 채로 어느새 편히 잠들었다.

10.
 눈을 떠 보니 아침이 밝았다. 베개 맡의 램프는 어젯밤에 둔 채로 켜져 있지만, 불빛은 희미해지고 램프의 심이 타는 소리가 살짝 들린다. 늦잠을 잔 것은 아닌지 허둥지둥 일어났지만, 아직 아무도 일어나지 않은 것 같다. 그래서 어제까지 입고 있던 옷을 재빨리 개어 놓고, 연두색 짐보따리에서 조잡한 무늬의 평상복을(고향에서는 물론 이 옷도 평소에 입기 힘들지만) 꺼내어 갈아입었다. 자색의 허리띠도 개어 두고, 폭이 넓은 당주름의 둥근 허리띠를 맸다.
 사모님이 일어난 기색이 보여 서둘러 이불을 벽장에 넣고 장지문을 열자, "일찍 일어났네"라며 사모님이 말을 건넨다. 오사다는 부엌 앞에서 무릎을 꿇고 인사를 했다.
 그리고 오사다는 사모님의 지시에 따라 곤로에 석유를 넣어 불을 피우고, 툇마루의 아마도*를 열었다. 그러자 사모님이 "아직 물 안 떠 왔지?"라고 하여, 부엌 안을 살펴보았지만 물통 같은 것이 안 보인다. 그러자 사모님은, "거기에 보면 양동이가 있을 거야. 거기 말고 거기, 너는 어디를 보고 있는 거니?"라며 개수대의 구석을 가리켰다.

오사다는 사모님이 가리킨 곳을 자신의 손가락으로 가리키며, 혼이 났다고 생각하여 얼굴을 붉히며, "이거 말씀하시는 건가요?"라며 사모님의 얼굴을 보았다. 양동이라는 것을 본 적이 없었기 때문이다.

"물론이지. 그것이 양동이가 아니고 뭐겠니"라며 약간 심기가 불편한 듯했다.

오사다는 이런 것으로 어떻게 물을 긷는다는 것인지, 이해가 안 된다고 생각했다. 이 집에는 "수도"가 개수대의 구석에 있다.

화로의 주전자 물을 갈거나, 여기저기 걸레질을 하고 난 뒤, 오사다는 골목길을 나와 100여 미터 떨어진 곳에 있는 채소 가게로 심부름을 가게 되었다. 사모님은 파 한 단과 캐비지 한 개를 사 오라고 했는데, 이 캐비지라는 것이 무엇인지 잘 모르겠다. 그래서 조심스럽게 물어보니, "캐비지는 이렇게 (양손으로 원을 그리며) 생긴 하얀 잎이 단단하게 겹겹이 싸여 있는 것이야. 너희 고향에는 없니?"

---

* 아마도 : 비 또는 바람을 막기 위한 덧문이다.

라고 말했다. 그래서 오사다는, "양배추 말씀하시는 건가요?"라고 말씀드리니, "이름은 아무래도 상관없으니까 빨리 사 오렴"이라고 재촉한다. 오사다는 다시 얼굴이 붉어져 문밖으로 나갔다.

채소 가게에는 아침 시장으로 야채를 사러 간 차가 아직 돌아오지 않아서, 어제 팔고 남은 것들이 네다섯 종류 진열되어 있었다. 오사다는 그 앞에 서니 묘한 마음이 들었다. 이름 모를 채소와 가지 열 개 정도, 속이 꽉 찬 양배추가 대여섯 개, 그것밖에 없지만 시골에서 자란 오사다에게는 더없이 그리운 채소의 향기가 은은하게 마음을 상쾌하게 한다. 오사다는 이슬을 머금은 뒷밭을 머릿속에 그렸다. 아아, 그 보라색의 가지밭! 무성하게 뻗은 잎이 지면을 덮어 버린 참외밭! 물과 같이 맑은 아침 햇살에 바람도 잔잔하고, 밤새 가는 목소리로 울어 대는 벌레 소리!

낡은 검은 허리띠를 단정치 못하게 엉덩이에 걸친 여주인에게 "어서 오세요"라는 말을 들은 오사다는, 이미 "캐비지"란 말을 잊어버렸기 때문에, 단지 "그거"라고 손가락으로 가리켰다. 공교롭게도 파는 한 단도 없었다.

보자기에 싼 양배추 한 개를 오사다는 아주 소중하게 가슴에 안고, 또다시 고향을 떠올리며 집으로 돌아왔다. 부엌 입구로 들어서니 사모님이 보이지 않는다. 오사다는 살며시 양배추를 꺼내어 무릎 위에 올려놓은 채, 잠시나마 질리지도 않는 듯 그 향을 맡고 있었다.

"뭐 하고 있는 거니, 오사다 너는?"이라는 말을 바로 등 뒤에서 들었을 때의 그 가련함은 정말 말할 수 없었다.

아침 식사 후, 뒷정리를 그럭저럭 끝내고, 주인님이 출근할 때 모른 체하며 인사하러 나오지 않았다고 사모님에게 한 소리를 들은 오사다는, 오전 10시경 그저 아무 생각 없이 멍하니 부엌 한가운데에 서 있었다.

그때 나들이옷을 입은 오키치가 부엌 입구로 들어왔다. 오사다는 너무나도 반가운 마음에 넋을 잃고, "어!"라는 말밖에 할 수 없었다. 오키치는 살짝 웃는 얼굴로 말했다.

"오사다야, 큰일 났어."

"무슨 일이에요?"

"무슨 일이고 뭐고, 네 고향에서 너를 데리러 사람이 왔어."

"저를 데리러요?" 깜짝 놀란 오사다의 얼굴에는 오키치의 상상과는 반대로 뭐라 할 수 없는 기쁨이 넘쳐흘렀다.

오키치는 잠시 어이가 없다는 듯이 오사다의 얼굴을 쳐다보았다.

"오사다야, 사모님은 계시니?"

오사다는 고개를 끄덕이며 장지문 저편을 손가락으로

가리켰다.

"사모님에게 사정을 말씀드리고 바로 너를 데리고 가야만 해."

오키치는 오사다에게 사모님을 불러 달라고 말하는 것조차 귀찮은 듯, 직접 미닫이문을 열고, "계십니까"라며 안으로 들어갔다. 오사다는 부엌에 선 채로 오른손을 가슴에 얹고 사모님과 오키치의 대화를 엿듣고 있었다.

오키치는, 오사다를 데리러 온 사람이 오늘 아침 도착했습니다, 오사다를 어제 막 데리고 왔는데 정말로 죄송하지만 지금 바로 오사다를 돌려보내 주세요, 하고 상냥한 말투로 부탁하고 있었다.

"그런 사정이 있다면, 우리가 데리고 있으려 해도 어쩔 수 없네요. 데리고 가도 상관없지만. 하지만 말이야, 어제 저녁에 와서 아직 만 하루도 안 됐어"라고 사모님이 말했다.

"그 부분은 정말로 죄송합니다만, 저희도 설마 고향에서 데리러 올 줄은 생각도 못 했기 때문에…."

"뭐, 그건 어쩔 수 없지. 그나저나 고향이 아주 먼 곳 아닌가?"

"네, 아주아주 먼 곳이죠. 남부의 쇠주전자를 만드는 곳보다도, 더 시골 마을이에요."

"그런 곳에서 여기까지 왔구나"라며, "오사다, 오사다야" 하고 불렀다.

오사다는 아무래도 사모님에게 죄송한 마음이 들어서 주뼛주뼛 가서 앉았다. 너도 들어서 알겠지만 아직 만 하루도 되지 않았고 너의 뜻이 아니란 걸 알고 있어, 오키치와 함께 돌아가면 되지 하는 사모님의 이야기를 오사다는 그저 얼굴을 붉히며 몸이 굳은 상태로 듣고 있었다. 마침내 오키치에게 이끌려 몇 마디 인사를 하고 그 집을 나왔다.

집 밖으로 나오자 오사다는 곧장, "어떤 사람이에요?"라고 물었다.

"정 떨어지는 여자야." 이렇게 말했으나, 오키치는 잘못 알아듣고 대답한 듯 "아, 은행 사모님이 아니고 데리러 온 사람? 뭐라고 했지, 그, 추키치인가 추지로인가 하는 대머리에 배 나온 사람이야."

"그 사람은 추타 아저씨예요."

"맞아, 그 추타라는 사람. 말을 재미있게 하는 사람. 안 와도 되는데, 너희들만 우습게 됐잖아. 일부러 와서 바로 데리고 가려 하다니."

"정말로요"라고 하고는 오사다는 입을 다물었다.

잠시 시간이 흐른 후, "오야에는 어떻게 됐어요?"라고 물었다.

"오야에는 신타로가 데리러 갔어."

겐스케의 집으로 가 보니, 오야에는 아직 돌아오지 않았으나, 허리춤까지밖에 안 내려오는 짧은 웃옷을 입은 호테*처럼 배가 불룩한 추타 아저씨가 화롯가에서 겐스케와 마주 보고 있었다. 오사다를 보자마자 갑자기, "7~8일 못 보던 사이에 오사다도 예쁜 아가씨가 되었구먼"이라고 하고는 주변은 신경 쓰지 않고 크게 웃었다.

오사다는 내심 고향에서 자기를 데리러 사람이 온 것이 기쁜 듯했지만, 또한 그 사람이 자신이 싫어하는 추타 아저씨라는 것이 불만이기도 했다. 그렇지만 태어나서 19년 동안 매일매일 듣던 고향 말을 들으니, 이미 마음속의 불만은 사라져 버렸다.

추타는 먼저 두 사람이 도쿄로 도망간 것이 알려지자 마을에서는 부모들을 비롯하여 모두 놀랐고, 겐스케 아저씨가 돌봐 주고 있다면 걱정은 없겠지만, 부모의 마음이란 것은 또 다른 것으로, 자신도 지금은 바쁜 시기이지만 간곡히 부탁을 하기에 거절을 할 수 없고, 그래서 애써 이렇

---

* 호테 : 배가 불룩 나온 일곱 복신 중의 하나다.

게 데리러 왔다고 말했다. 그러나 오사다에게는 잔소리 한마디도 하지 않았다. 왜냐하면 사실 추타도 겐스케의 도쿄 이야기를 들은 후, 죽기 전까지 꼭 한 번은 도쿄에 구경 가고 싶다고 생각했기 때문이었다. 집에는 일하는 사람도 많고 자신은 딱히 할 것도 없고 해서 매일같이 도쿄 생각을 하고 있던 차에, 운 좋게 두 사람의 일이 터진 것이다. 그냥 내버려둘 수 없으니 뭣하면 내가 데리러 가도 상관없다고 먼저 소심한 오야에의 아버지인 목수를 설득하고, 목수와 함께 오사다의 집을 찾아가 마찬가지로 끈질기게 설득했다. 역시나 어머니는 눈물을 흘렸지만, 오사다의 아버지 사다지로는 딸의 일에 대해 큰 걱정은 하지 않았다. 그것을 겨우겨우 납득시켜 두 사람의 차비와, 자신은 편도 차비만 받겠다며 오야에 아버지에게서 7엔, 오사다 아버지에게서 5엔을 받아, 우선 형식을 갖춘 관비 여행이라 할 수 있는 도쿄 여행을 계획한 것이었다.

얼마 후, 오야에도 신타로와 함께 돌아왔다. 오야에는 자리에 앉자마자 먼저 매서운 눈초리를 더욱 사납게 하여 추타를 노려보았다. 추타는 오사다에게 말한 것을 다시 오야에에게 말했으나, 오야에는 대답도 건성으로 하며 부은 얼굴을 하고 있었다.

겐스케가 추타를 접대하는 모습은, 두 사람이 놀랄 만

큼 호사스러웠다. 물론 이것은 이런 자신의 모습을 마을 사람들에게 전하고 싶어 하는 마음에 행한 무리한 허영이었다.

그날 밤, 이층의 안쪽 6조 방에서 추타와 오야에, 오사다 세 명이 나란히 자게 되었다. 세 명만 남게 되자 오야에는 추타의 무릎을 꼬집으며, "아저씨, 대체 뭐 하러 온 거예요!"라며 끈질기게 자신들의 새로운 운명을 좌절시킨 죄에 대해 지적을 했지만, 저녁 반주에 취한 추타는 곧 큰 소리로 코를 골며 태평히 잠이 들었다.

그러자 오야에는 얌전히 있는 오사다를 붙잡고는 자신이 간 요코야마 님 댁은 어느 학교의 선생인데, 월급이 40엔이나 되는 대학 졸업자라는 것이며, 그 사모님이 입고 있던 옷에 관한 이야기며, 자신을 매우 귀여워해 주셨다는 것 등등, 거창하게 이야기를 이어 나갔다. 그러고는 이번엔 어쩔 수 없이 돌아가지만, 다음엔 반드시 혼자서라도 도쿄에 올 것이라고 했다. 그리고 오야에는 그 사모님 취향의 머리를 자신에게 해 주었다며, 태어나서 처음으로 늘어뜨린 모양의 머리를 하고, 사모님이 주신 조금 기름기 있는 올리브색의 리본을 소중한 듯 머리에 매고 있었다.

오야에는 또, 자신을 데리러 온 신타로에 대한 이야기를 하며, "저렇게 친절한 사람은 없을 거야"라며 칭찬을 했다.

오사다는 오야에가 말하는 대로, 그저 얌전하게 맞장구를 쳤다.

그 후 2~3일은 신타로의 안내로 추타의 도쿄 구경에 동행했다. 오야에도 오사다도 이제 좀처럼 올 수 없을 테니까 잘 봐 두라고 하기에 매일 함께 구경에 나섰다. 두 사람은 또, 오키치와 함께 혼고관에서 고향에 갖고 갈 조촐한 선물을 샀다.

11.
오야에와 오사다 두 사람이 고향을 떠난 지 21일째가 되는 저녁, 추타와 함께 우에노역에서 고향길에 올랐다.

기차의 삼등실, 도쿄 이북의 여러 지방의 사투리를 쓰는 사람들로 가득한 속에서, 두 사람은 나란히 앉아 호테처럼 배가 불룩한 추타 아저씨와 마주 보고 있었다. 아주 긴 플랫폼에 수많은 전등이 낮처럼 반짝이기 시작했을 때, 세 사람을 태운 기차는 천천히 흔들리며 가을밤의 어둠 속을 북쪽으로 한 칸씩, 조금씩 도쿄를 벗어나고 있었다.

오야에는 말할 것도 없고, 오사다조차도 이때는 조금 섭섭한 마음이 들어서 살짝살짝 자신들이 경험한 것에 대해 이야기를 나누었다. 그날은 두 사람 모두 늘어뜨린 머리를 했지만, 오사다의 머리에는 리본이 없었다. 추타는 선반 위에 놓은 짐이 신경이 쓰여 이따금 그것을 올려다보기도 하고, 신기한 듯이 객실 안의 사람들을 비교해 보기도 했다. 한 시간 정도 지나자, 조금 몸을 비틀며, "엉덩이가 아픈데"라고 중얼거렸다. "너희들은 아프지 않니?"

"아프지 않아요"라고 오사다가 속삭였다. 추타는 그래도 더 말을 하고 싶은 듯하기에, "집에서 키우는 양배추는 잘 자라고 있어요?"라 물었다.

"물론 잘 자라고 있지"라는 추타의 목소리가 너무 커서 주변 사람들이 모두 이쪽을 쳐다본다.

"너희들이 도쿄로 도망간 지 아직 20일도 안 되는데 뭐."

오사다는 얼굴을 붉히며 힐끔 주변을 보고, 그대로 대답도 하지 않은 채 고개만 숙였다. 오야에는 얼굴을 찡그리며 짜증나는 듯이 추타를 곁눈질로 쩨려봤다.

10시경이 되자, 객실 안의 사람들은 거의 다 꾸벅꾸벅 졸기 시작했다. 추타는 맘 편하게 배를 앞으로 쑥 내밀고 등을 뒤로 쭉 빼고 입을 벌리고 이따금 코를 골고 있다. 오야에는 몸을 비틀며 등을 맞대고 앉아 있는 장사꾼으로 보이는 젊은 남자와 머리를 맞댄 채로, 잠든 것인지 가만히 있었다.

창문 밖은 기관차에 질 나쁜 석탄을 태우기 때문에, 비와 같은 불똥이 어둠속을 가르며 뒤쪽으로 날아간다. 팔짱을 낀 채 둥근 턱을 옷깃에 묻고 고개를 숙이고 있는 오사다는, 고향에서 도망을 친 이후의 일들을 가슴속으로 세고 있었다. 오사다의 가슴에 새겨진 도쿄는, 겐스케의 집과 혼고관 앞의 인파와 채소가게, 여덟팔자 모양의 입술에 살짝 늘어진 코의 사모님 등이다. 이 네 가지가 현기증 나는 빛과 웅웅거리는 소리에 멀리서부터 휩싸였다가 갑자기 밝아진다. 오사다가 일생 동안 도쿄라 하는 말을 들을 때마다 홀로 가슴속에 떠올릴 풍경은, 아마도 이 네 개에 불과할 것이다.

이윽고 오사다는 팔짱을 낀 왼손을 살며시 옷깃에서 떼어 내 자신의 부드러운 볼을 살며시 만져 보았다. 오노 님 댁에서 덮고 잔 이불의 비로드가 생각났기 때문이다. 눈 깜빡할 사이에, 창문 밖이 밝아졌다고 생각하니, 기차는 어느 숲의 작은 역을 통과했다. 오사다는 이때, 우시노스케의 오른쪽 귓불에 있는 커다란 점을 떠올렸다.

신타로와 함께 세 사람을 우에노까지 배웅해 준 오키치는 아마도 지금쯤 이번에 데려온 아이들은 변변치 않았다고, 잠자리에서 겐스케에게 투덜거리고 있을 것이다.

생전 미발표,
메이지 41년 6~7월고.

두 줄기의 피
二筋の血

꿈같은 어린 시절의 추억, 기쁨도 슬픔도 모두 죄 없는 것들뿐이었다.

그리고 그 추억들이 저마다 희미하게 이어져, 지금에 와서는 모두 아련한 애수의 안개 너머로, 마치 화창한 날 아이들이 꾸며 내는 놀이극을 보는 듯이 그립지만, 그중에서도, 15~16년이 지난 오늘까지도 여전히 눈앞에 또렷이 남아 있는 일이 두 가지 있다.

어느 쪽이 먼저였고, 어느 쪽이 나중이었는지는 분명히 떠올리기 어렵다.

다만 내가 여섯 살에 마을의 소학교에 들어가, 2학년에서 3학년으로 올라가는 큰 시험에서, 평생 단 한 번의 낙제를 했다. 그 낙제했을 때에 후지노가 있었으니까, 하나는 분명히 2학년을 다시 다니던 여덟 살 때, 여름방학 중의 일이었던 것으로 기억하고 있다.

또 다른 하나도, 한창 무더운 때의 일이었으니, 역시 그 무렵이었으리라.

지금은 문부성의 규정이 엄격하여, 취학 연령이 되지 않은 아이를 입학시키는 일이 전혀 없지만, 내가 어릴 적에는 외딴 시골이기도 하고, 그다지 번거로운 절차도 필요하지 않았던 것 같다. 그래도 세는 나이로 겨우 여섯 살, 게다가 나처럼 허약한 아이가 입학하는 일은 드문 일이었다. 나의 입학은 말하자면, 평소 나와 함께 놀던 한두 살 많은 아이들이 다섯 명이고 일곱 명이고 한꺼번에 학교에 들어가게 되어, 너무 외로워 견딜 수 없었던 탓에 매일같이 마음씨 좋은 아버지를 졸랐기 때문이었다. 처음에는 "너는 아직 너무 어려서 안 된다"라며 말렸지만, 본래 나쁜 일도 아니었고 아버지도 내심 기뻤는지, 결국 어느 날 학교의 다카시마 선생님에게 부탁을 해, 다음 날부터 나도 접힌 두 장의 종이와 석판, 곱돌,* 벼루 등을 사 주어 친구들과 함께 학교에 가게 되었다. 따라서 나의 입학은 같은 학급의 아이들보다 한 달이나 늦게 되었다.

아버지는 드물게도 학문을 좋아해서, 일이 없는 겨울밤에는 색 바랜 낡은 표지의《효경》이나《십팔사략》을 들고, 차를 마실 겸 다카시마 선생님에게 배우러 가는 일도 있었다.

그 무렵 아버지는 서른다섯이나 서른여섯, 시골에서는 드물게 늦게 결혼한 탓인지, 나는 형도 누나도 동생도 없는 외동아들이었다. 엄한 말 한마디 듣지 않고 자랐기 때문인지 키는 보통이었지만 몸이 야위고 허약했다. 이웃

---

* 석판, 곱돌 : 석판은 노트, 곱돌은 연필 역할을 한다.

아이들과 함께 맨발로 밖에서 놀기는 했지만, 웬일인지 얼굴이 창백했고, 달리기 시합이나 씨름에서도 나에게 지는 아이는 한 명도 없었다. 그렇게 함께 놀다가도 때때로 몰래 혼자 집으로 돌아오는 일도 있었고, 학교에 가서도 그런 성향이 변하지 않아, 낙서를 하거나 학교를 몰래 빠져나가 선생님께 꾸지람을 듣는 일은 남들과 같았지만, 어딘가 비굴하고 말수가 적었으며, 칠판에 쓴 글자를 읽으라고 하면 금세 얼굴이 빨개지고, 고개를 숙인 채 대답도 하지 못하고 돌처럼 굳어 버리곤 했다.

스스로 학교에 가겠다고 졸랐음에도 불구하고, 나는 결국 학교 공부에 흥미를 갖지 못하게 되었다. 게다가 때로는 점심시간에 집으로 돌아간 후, 몰래 뒷마당 창고에 숨어 있어서, 오후 수업을 빼먹는 일까지 있었다. 병약한 어머니는 언젠가 내 머리를 쓰다듬으며 "이 아이도 다른 아이들과 싸우기라도 하면 좋을 텐데"라고 말씀하신 적이 있다. 나는 아무 말도 하지 않았지만, 속으로는 '싸우면 내가 질 텐데'라고 생각했다.

우리 집은 마을에서 유일한 통 제조업을 하는 집이었지만, 그것만으로는 생계를 유지할 수 없어, 근방에서 가장 땅이 많은 오우미야 댁에서 약간의 논을 빌려 소작을 하고 있었다. 따라서 늘 찰기가 없는 기장밥을 먹었고, 가끔 밤에 손님이 오면 어머니가 급히 쌀 한 줌을 볶아 차 대신 내놓는 형편이었다. 나도 해진 무명 바지를 입고, 허리까지밖에 오지 않는 낡은 홑옷을 입고, 비슷한 차림의 아이들과 함께 맨발로 다니는 것에 익숙했다. 머리카락이 길어지면 아버지가 손수 깎아 주었다. 내 이름은 히노키자와 신타로였지만, 마을 사람들은 누구나 나를 "통장이집 신타"라고 불렀다.

나는 앞에서 말한 것처럼 학교에서 공부라고는 거의 하지 않았다. 그래서 1학년에서 2학년으로 올라갈 때도 30명쯤 되는 반에서 꼴찌에서 두 번째로 겨우 올라갈 수 있었다. 우리 집 양옆에는 한 명은 한 학년 위 남자아이, 또 한 명은 우리 반 여자아이가 살았는데, 하필이면 그때 두 명 모두 예쁘게 장식된 상장을 받았기 때문에, 나는 어린 마음에도 정말 한심하다는 생각이 들어, 그날은 학교에서 돌아오자마자 밖에 나가지 않고, 해가 질 때까지 아궁이 옆에 쭈그리고 앉아 화로 집게만 만지작거리고 있었다. 그러자 아버지가 저녁 식사를 마친 뒤 검은색 양갱 두 개를 사 와서는 "넌 아직 제일 어린아이니까 괜찮다"라며 나를 달래 주었다.

하지만 그것도 하루 지나면 잊어버리고, 나는 여전히 오후 수업을 빼먹곤 했다. 일곱 살이 지나고 봄 학기가 시작될 무렵, 학교에 조금 특별한 일이 생겼다. 사토 후지노라는, 마을에서 비교할 사람이 없을 만큼 예쁜 여자아이가 갑자기 1학년으로 전학 온 것이다.

100여 명이 넘는 아이들이 모두 눈이 휘둥그레졌다. 사실 후지노는 지금 돌이켜 봐도 드물게 예쁜 아이였다. 앞머리가 눈썹까지 내려와 동그란 얼굴을 감싸고, 까만빛이 감도는 크고 또렷한 눈, 늘 새하얀 피부, 웃을 때마다 생기는 보조개. 남자애들은 말할 것도 없고, 여자애들마저도 넋을 잃고 바라보았다. 대부분의 아이들은 대충 천 조각으로 머리를 묶고, 때 묻은 손수건을 둘러쓰며, 눈이라도 오면 투박한 나막신을 신고 반으로 자른 붉은 모포를 뒤집어쓰고 오는 아이들이었으니, 커다란 국화 무늬가 들어간 화려한 비단옷을 입은 후지노의 모습은 마을 어귀의 진흙탕에 핀 연꽃보다도 더욱 선명하게 나의 눈에 비쳤다.

후지노는 원래 마을에서 10리쯤 떨어진 모리오카 시내의 학교에 다녔는데, 오우미야 댁의 친척인 포목점을 하던 "신케"라는 집으로 어머니라는 사람과 함께 왔다. 내가 들은 마을의 소문에 의하면, 어머니라는 사람은 2~3년 전부터 눈병을 앓고 있던 신케 댁 사모님의 여동생으로, 모리오카에서 큰 철물점을 하다 어떤 사연으로 파산했고, 남편은 결국 목을 매어 목숨을 끊었다고 했다. 그래서 신케 댁 집안일을 도울 겸 신세를 지러 어린 딸을 데리고 온 것이었다. 그 어머니도 작고 피부가 흰 예쁜 분이었는데, 언니와는 달리 매우 쾌활하고 붙임성이 좋은 분이었다.

그 무렵 마을의 초라한 학교에는 보통과 1학급에, 진학을 위한 보습과 학생이 예닐곱 명, 선생님도 다카시마 선생 한 분뿐이었다. 교실도 하나뿐이라 학년이 달라도 같이 수업을 들었다. 후지노가 구슬 같은 맑은 목소리로 책을 읽기 시작하면, 100여 명의 아이들이 모두 필기를 멈추고 그녀 쪽만 바라보는 것이었다. 특히 나는 서예와 산수를 아주 싫어해서, 자주 멍하니 후지노만 바라보다가 그때마다 선생님에게 대나무 회초리로 머리를 맞곤 했다.

후지노는 무엇을 해도 성적이 좋았다. 어느 날 2학년 여자애들이 수업 중 장난을 쳤다고, 선생님이 후지노를 본보기 삼아 훈계한 적도 있었다. 위의 학년 아이들은 그게 마음에 들지 않았지만, 나는 전혀 이상하지 않았다. 내게 후지노는 학교에서, 마을에서, 아니 그때 내 세상 전부에서 가장 예쁘고 가장 좋은 아이였으니까.

그해 3월 30일, 매년처럼 수여식이 열렸다. 오우미야댁 어르신을 비롯해 촌장님, 동네 의사 선생님, 그 외에 마을 어르신 몇 분이 오셨다. 나도 아껴 두던 긴 소매 옷을 입고, 흰 무명 허리띠를 두르고 갔는데, 검은 양복 차림의 다카시마 선생은 평소보다 한층 더 멋져 보였다. 교실은 잘 꾸며져 있었고, 정면에는 일장기가 교차해 걸려 있었다. 그 앞의 흰 테이블보를 씌운 탁자 위에는 소나무와 대나무를 꽂은 커다란 꽃병이 놓여 있었던 것이 기억난다.

칙어* 낭독과 〈기미가요〉 합창이 끝나고, 졸업생들이 이름이 불릴 때마다 차례차례 나가 졸업장을 받는다. 그중에서 우등생들은 촌장 앞에서 상장도 받았다. 이어서 3학년, 2학년, 1학년 순으로 진급자의 이름이 호명되었는데, 어찌 된 일인지 내 이름은 없었다.

"신타는 낙제다, 낙제다"라며 주위의 아이들이 모두 나를 보았다. 나는 그때 어떤 기분이었는지, 지금 전혀 생각나지 않는다.

행사가 끝난 뒤, 오우미야 어르신께서 주신다는 홍백색의 떡은 나도 받았다.

모두들 씩씩한 기세로 집으로 돌아갔지만, 나처럼 낙제한 예닐곱 명은 선생님께서 "할 일이 있다"라며 남게 했다. 그중에는 마을 외곽의 움막집 딸도 있었는데, 훌쩍훌쩍 울고 있었다. 그러나 나는 혹시나 선생님께서 나에게만 따

---

* 칙어 : 천황의 교육 칙어를 말한다.

로 진급증을 주시는 것이 아닐까 하는, 근거 없는 기대를 품고 기다리고 있었던 것 같다.

이윽고 한 사람씩 교무실로 불려 들어가, 각자 꾸중을 듣거나 격려를 받았는데, 나는 맨 마지막 차례가 되었다.

"너는 아직 나이도 어리고, 몸도 약하니, 한 해 더 2학년으로 공부해 보아라"라고 하여, 나는 들리지도 않을 정도의 작은 목소리로 "네" 하고 대답하며 머리를 숙였다. 그러자 선생님은 내 머리를 쓰다듬으며, "너는 너무 얌전하다"라고 말씀하시고, 탁자 위 쟁반에서 보리 전병 세 개를 집어 주셨다. 나는 그때만큼 선생님의 자비로움이 고맙게 느껴진 적이 없었다. 그 교실에는 마을 촌장을 비롯해 두세 명의 노인들이 아직 남아 있었다.

나는 종이에 싼 홍백색의 떡과 보리 전병을 두 손에 들고, 시무룩하게 그곳을 나와 현관 입구에 이르자, 문득 참을 수 없이 서글퍼 울고 싶어졌다. 목구멍까지 차오른 울음소리를 겨우 삼켰지만, 선생님의 고마움, 친구들에게 조롱당할 부끄러움, 집에 돌아가 뭐라 해야 할까 하는 걱정 따위가 어린 마음에 겹겹이 밀려와, 작은 가슴을 옥죄고 눈물이 끝없이 흘러넘쳤다.

그때 무슨 일이 있어서인지, 남아 있던 두세 명의 여학생이 사환실 쪽에서 나오는 기척이 느껴졌다. 나는 말할 수 없는 부끄러움에 갑자기 심장이 두근거려, 기둥에 딱 달라붙어 얼굴을 보이지 않으려 고개를 숙였다.

가볍게 짚신을 딛는 소리가 뒤에서 들려오더니, "왜 그래, 신타로 군?"이라고 말한 것은 후지노였다. 그때까지 한 번도 말을 나눈 적 없는 사람에게 그런 말을 듣자, 나는 얼떨결에 얼굴을 들었다. 후지노는 맑게 빛나는 눈에 따뜻한 눈빛으로 나를 똑바로 바라보고 있었다. 나는 바로 다시 고개를 숙이고 아랫입술을 꾹 깨물었지만, 그래도 훌쩍이는 소리가 새어 나왔다.

후지노는 잠시 말없이 서 있다가, "울지 마, 신타로 군. 나도 이번엔 겨우 꼴찌로 합격했는걸"이라며 동생을 달래듯이 말했다. 그리고 "내일 좋은 거 가져다줄 테니까 울지 마. 다들 웃을 거야"라며 내 얼굴을 빤히 쳐다보았지만, 내가 기둥에 뺨을 감추고 얼굴을 피하자, 그녀는 다시 가벼운 발걸음으로 자리를 떴다.

후지노는 모든 과목의 성적이 좋았지만, 봄 학기가 되어 전학해 왔기 때문에 꼴찌로 2학년으로 진급했던 것이었다.

그날 저녁, 아버지는 가게 앞에서 통에 쇠테를 덧대고 있었고, 어머니는 물을 길으러 나간 뒤, 나는 쓸쓸히 아궁이 곁에 웅크리고 앉아, 얼굴도 잘 보이지 않을 만큼의 어둠 속에서, 불 속에 대나무 부스러기를 던져 넣으며, 그것이 치르르 타올라 사라지는 모양을 넋 놓고 바라보고 있었다. 그때 부엌 안쪽으로부터 가느다란 목소리로,

"신타로, 신타로."

라고 누군가 나를 불렀다. 나는 깜짝 놀라 벌떡 일어나, 짚신도 신지 않은 채 마당으로 뛰어나갔다.

후지노가 혼자 문에 몸을 기댄 채 서 있다가, 나를 보자 빙긋 웃으며,

"어머, 맨발로."

라며 살짝 미간을 찌푸렸다. 그러고는 급히 소매 속에서 종이에 싼 무엇을 꺼내 나에게 건넸다.

"이거 줄 테니까, 열심히 공부해. 나도 그럴 테니까."

그렇게 말하자, 나는 말 한마디 못 하고 멍하니 서 있었고, 그녀는 발걸음을 옮겨 저녁 어스름 속으로 달려갔다. 그러다 몇 걸음 가더니 뒤돌아보며 얼굴 앞에 손을 대고 좌우로 흔들었다. 아무에게도 말하지 말라는 뜻임을 알아차린 나는 고개를 끄덕였고, 그녀는 그대로 배나무 아래로 뛰어갔다.

종이 꾸러미 안에는 공책 한 권과 반쯤 남은 몽당연필, 그리고 옅은 분홍색 메리야스 천에 감싼 납으로 만든 장난감 회중시계가 들어 있었다.

그날 밤 나는 희미한 손등불 빛 아래서 연필심을 핥아 가며, 선물받은 공책에 교과서 제1과의 첫 페이지부터 4~5페이지를 정성껏 옮겨 적었다. 내가 처음으로 글자를 배우는 기쁨을 알게 된 것은 바로 그때였다.

사람 마음이란 참으로 기묘한 것이다. 두 번째의 2학년 수업이 시작되자, 나는 이유도 없이 학교에 가는 것이 즐거워졌고, 전에는 지겨워 견딜 수 없던 50분 수업도 어느새 훌쩍 지나가곤 했다. 대나무 회초리로 머리를 얻어맞는 일도 없어졌다.

넓은 교실의 남쪽과 북쪽 벽에는 칠판이 각각 두 개씩 걸려 있었고, 다카시마 선생님은 그 네 개의 칠판을 분주히 돌아다니며 가르쳤다. 2학년은 북쪽 벽의 서쪽에 걸어놓은 칠판을 향해, 조잡한 책상과 걸상을 두 줄로 늘어놓고 있었다. 앞줄에 여학생들이 앉아 있었는데, 당연히 그 중에 후지노가 있었다.

새 학기가 시작된 지 사흘째인가, 나는 처음으로 선생님께 칭찬을 받았다. 가만히 듣기만 하면, 선생님의 가르침은 반드시 이해할 수 있었다. 기억력이 강한 아이의 머리는 한번 이해한 것은 좀처럼 잊지 않는다. "알겠으면 손들어"라고 할 때, 내가 손을 들지 않은 적은 거의 없었다. 싫어하는 과목은 하나도 없었으나, 특히 나는 서예 시간이 좋았다. 선생님은 으레 나에게 물을 따라 주는 일을 맡기셨다. 나는 양철로 만든 물병을 들고 책상 사이를 돌아다녔다. 책상 양쪽 끝마다 벼루가 하나씩 있었는데, 대부분 호랑이 무늬나 검은 돌이었지만, 후지노의 것만은 자줏빛을 띠었다. 내가 물을 따라 주면, 고개를 살짝 숙여 인사하는 것은 후지노뿐이었다.

가슴을 졸이는 건 산수 시간이었다. 나도, 후지노도 여덟 살이었다. 내가 아는 건 대체로 후지노도 알았다. 같은 반에 도요키치라는 아이가 있었는데 우리보다 두 살 많았다. 덩치도 크고 머리 회전도 빨라, 우리가 손을 들 때면 거의 도요키치도 손을 들었다. 어린 시절의 두 살 차이는 머리 회전에서 큰 차이가 나는 법인데, 그것이 가장 두드러지게 드러나는 게 산수였다. 도요키치는 산수를 잘했다.

선생님은 문제를 내주고는 다른 칠판으로 갔다가, 다시 돌아와서 "다 풀었으면 손들어"라며 회초리를 높이 들었다. 조금 어려운 문제일 때, 후지노는 손을 들 때나, 혹은 들지 않을 때나 꼭 뒤를 돌아 나를 바라보았다. 나는 그 눈빛 속의 미세한 흔들림까지 놓치지 않았다. 둘이 함께 손을 들었는데 도요키치가 못 풀었을 때는, 후지노의 눈은 기쁨으로 빛났다. 둘 다 못 풀었는데 나 혼자 손을 들면,

천진한 부러움이 그 눈에 가득했다. 혹시 둘 다 풀었는데 나만 못 풀면, 안쓰러운 시선이 나를 향했다. 반대로 우리 둘은 못 풀고 도요키치만 의기양양하게 손을 들면, 예쁜 그녀의 얼굴은 금세 어둠에 덮인 듯 가라앉았다.

후지노가 책을 읽는 목소리는, 바로 옆자리에서도 들리지 않을 정도의 다른 여학생들과 달리, 또렷하고 시원했다. 그 읽는 법에는 마을 아이들에게는 없는 독특한 억양이 있었다. 두세 달이 지나자, 나도 모르게 그 억양을 흉내 내게 되었다. 친구들이 눈치채고 웃어 댔다. 놀림을 받아 고치려 했지만, 막상 소리 내어 읽을 때면 어김없이 그 억양이 배어 나왔다.

어느 날, 사환실 앞 우물가에 예닐곱 명이 모여 이야기하다가, 도요키치가 갑자기 그 억양 흉내를 말하며 한참을 웃더니, "신타랑 후지노랑 부부가 되면 좋겠다"라고 말했다. 후지노는 조금 떨어진 곳에 서 있다가, 그 말을 듣고는 "될 거야. 되고말고"라고 하여 모두를 놀라게 했다. 나는 얼굴이 새빨개져 그대로 달아나 버렸다.

아무리 어린아이여도 남녀는 역시 남녀였다. 학교에서 남녀가 함께 어울려 놀 일은 거의 없었지만, 저녁 무렵이면 집집마다 저녁밥을 짓는 연기가 흘러나오는 길가에서, 우리들은 종종 보물 뺏기나 술래잡기를 했다. 가끔 남자

아이들과 여자아이들이 함께 어울려 놀기도 했는데, 그럴 땐 어두워질 때까지 정신없이 뛰어놀았다. 후지노가 술래가 되면, 꼭 나만을 쫓아왔다. 그것이 나는 기뻤다. 아무리 허약한 체질이라도, 나는 그래도 사내아이. 후지노는 입술을 꼭 다물고 잽싸게 달려들었지만 쉽게 잡히지는 않았다. 끝내 숨이 차 헐떡이곤 했는데, 나는 일부러 잡혀 주어도 되었지만, 아이 마음이란 괜히 고집스러운 데가 있어, 끝까지 몸을 돌려 피했다. 그럼에도 불구하고, 그녀는 술래가 될 때마다 어김없이 나만을 쫓아왔다.

신케 댁에는 후지노의 사촌 남자아이 셋이 있었다. 맏이는 4학년, 둘째는 3학년, 막내는 아직 학교에 들어가지 않았다. 셋 다 머리가 그리 좋지 않았고, 동갑내기인 오우미야 댁 아이들과 사이도 몹시 나빴다. 내 희미한 기억에, 후지노는 두 사촌에게 자주 괴롭힘을 당했던 것 같다. 매맞고 있는 것을 본 적도 있었던 듯하지만, 분명하지는 않다. 어느 날, 내가 작은 통을 지고 신케 댁 뒤편의 우물에 물을 길으러 갔을 때, 마침 그 집 뒷문 기둥에 후지노가 기대어 서서 혼자 훌쩍이고 있었다.

"왜 그래?"라고 말을 걸었지만, 대답은 없고 긴 소매 끝을 앞니로 물어뜯고 있었다. 그러면 나는 성격상 더는 아무 말도 할 수 없게 되었다. 나마저 눈물이 날 듯한 마음에, 말없이 큰 바가지로 물을 길어, 물통을 메고 떠나려 하자, "신타로" 하고 불러 세웠다.

"왜?"

"좋은 거 보여 줄게."

"뭔데?"

"이거."

라며 소매 속에서 곱고, 예쁜 꽃 비녀를 꺼내 보였다.

"예쁘네."

"….."

"산 거야?"

그녀는 고개를 저었다.

"받은 거야?"

"엄마한테."

라고 조그맣게 대답하며 두어 번 훌쩍였다.

"도미타로*에게 괴롭힘을 당했어?"

"둘한테."

나는 어떻게든 위로해 주고 싶었으나, 도무지 말이 나오지 않아 그저 얼굴만 바라보았다. 그러자 그녀는 "이거

---

* 도미타로 : 신케 집의 장남이다.

너 줄까?"라며 꽃 비녀를 만지작거리더니, "넌 남자니까" 하고는 뒤로 감추며, 눈물 젖은 얼굴에 예쁜 미소를 띠더니, 서둘러 문 안으로 뛰어 들어가 버렸다.

어린 마음에, 사촌 오빠들에게 괴롭힘을 당해 우니까, 어머니가 달래 주려고 비녀를 주신 것이라고 짐작하며, 왠지 도미타로의 밋밋한 얼굴이 얄밉게 느껴져 묘한 기분으로 집에 돌아간 적이 있었다.

어느덧 넉 달이 흘러 7월 말, 1학기 말 시험. 일등은 도요키치, 이등은 나, 후지노는 삼등이라는 성적이 발표되었고 여름방학이 찾아왔다. 후지노는 도요키치에게 진 것이 분하여 울었다고, 도미타로가 떠들고 다녔던 것이 기억난다.

방학이 되면, 친구들은 모두 책과 석판*을 내팽개치듯 던져 버리고, 날마다 산자락의 그늘 아래에 있는 저수지로 수영을 하러 갔다. 나도 가끔은 함께 가긴 했지만, 어쩐 일인지 대개는 혼자 먼저 돌아와, 아버지의 일터인 가게의 앞마루에서, 대팻밥과 대나무 조각 사이에 배를 깔고 엎드린 채, 땀을 흘리며 교과서를 복습하거나 글씨를 익히곤

---

* 석판 : 노트다.

했다. 또 어떤 때는, 별다른 이유도 없이 처마 밑 그늘에 서서, 후지노의 모습이 보일까 하며 기다리기도 했다.

그러다 큰일이 일어났다.

8월 한창 무렵, 중순이었는지 하순이었는지 알 수 없지만, 하늘엔 구름 한 점 없이 해가 머리 위에서 불덩이처럼 내리쬐던 무더운 날이었다. 바람 한 점 불지 않아, 나무란 나무는 모두 시든 듯 잎을 늘어뜨렸고, 집 앞의 좁은 도랑에는 더러운 물이 고여 있고, 물 위에는 썩은 진흙에서 끝없이 솟아오르는 거품이 하얗게 덮여 있었다. 볕에 달궈진 자갈길은 발을 델 만큼 뜨거웠고, 땅에서 치솟는 열기는 눈앞이 아찔할 만큼 숨이 막혔다.

마을 뒤편은 넓은 초원이 펼쳐져 있고 그 초원 너머에는 수십 정보의 논이 이어졌는데, 모두 오우미야 댁 소유였다. 논에 물을 대는 너비 5미터 정도의 하천이 초원을 가로질러 흐르고, 그 하천가에는 오우미야 댁 방앗간이 자리 잡고 있었다.

봄이면 제비꽃, 가을이면 도라지와 패랭이꽃, 그 초원에는 사철 꽃이 가득해 아이들이 놀러 가기 좋은 곳이었다. 마침 그때는 원추리꽃이 한창이었고, 특히 방앗간 주변에 흐드러지게 피어 있었다. 방앗간 안에는 직경이 3미터가 넘는 큰 물레방아가, 아침부터 저녁까지 "기우, 기우"

하고 둔탁한 소리를 내며 돌고 있었고, 열두 개의 큰 절구가 쉴 새 없이 곡식을 찧고 있었다.

그날 나는 소매 없는 흰옷에 허리띠도 매지 않고, 검은 바지에 짚신을 신고, 이마의 땀을 팔로 훔치면서 신케 댁 맞은편에 있는 과자 가게 앞에 서 있었다. 그런데 100여 미터 정도 떨어진 방앗간으로 가는 길모퉁이에서, 긴지라고 하는 오우미야 댁 머슴이 얼굴이 시뻘겋게 달아올라 달려왔다.

"무슨 일이야?"라고 누군가 묻자,

"후지노가 물레방아 축에 말려 들어가 절구에 치이고 말았어!"라고 큰 소리로 외쳤다.

나는 그것이 거짓인지 진짜인지도 알지 못한 채, 강한 전기에라도 감전된 듯이 "아!" 하고 아무 생각 없이 외쳤다.

그러자 30여 미터 뒤에서 온몸에 흰 쌀가루를 뒤집어쓴 수염 난 얼굴의 키가 큰 건장한 방앗간 일꾼이, 무엇인가를 옆에 끼고 또다시 바람처럼 달려왔다. 그것은 바로 후지노가 아닌가!

그 남자가 신케 댁 문 앞에 이르러 안으로 들어가려 하자, 먼저 소식을 알리러 온 긴지와 옷도 입지 않은 채 뛰어나온 신케 댁 어르신이 "의사에게! 의사한테!" 하고 소리쳤다. 그 남자는 잠깐 주춤하더니 바로 내달려, 내가 서 있는 앞을 지나 의사 집 쪽으로 달려갔다.

그 짧은 몇 초 사이, 내 눈에는 후지노의 모습이 선명히 비쳤다. 남자는 마치 독수리가 꾀꼬리를 채 가듯이 어린 후지노를 가슴에 안고 뛰었는데, 예쁜 얼굴은 축 늘어져 앞으로 떨구어졌고, 무릎 아래로 하얀 눈처럼 고운 두 다리가 맥없이 흔들리고 있었다. 왼쪽 다리 무릎에서 발뒤꿈치에 이르는 곳엔, 선명한 붉은 피가 굵게 한 줄기 흘러내리고 있었다.

그 바로 뒤를 쫓아 긴지와 신케 댁 어르신이 달려갔다. 또 그 바로 뒤에는 하얀 유카타 차림의 후지노의 어머니가, 무언가를 손에 쥔 채, 뜨거운 자갈길을 맨발로 내달렸다. 굳게 다문 그 입매는 마치 술래잡기할 때, 나를 쫓던 후지노의 얼굴을 떠올리게 했다. 물론 그것은 1초도 안 되는 극히 짧은 순간이었다.

그것은 100도에 가까운 염천하의, 바람조차 없는 한낮에 벌어진 광경이었다.

나는 선명하게 흘러내리는 한 줄기의 피를 보자, 속이 울렁이며 눈앞이 캄캄해졌다. 그 와중에도 후지노 어머니의 얼굴이 눈에 보인 것이 신기할 정도였다. 나는 그 뒤를 따라 정신없이 달리다가, 의사 집 몇 채 앞에 있는 우리 집으로 뛰어들자마자, 일하던 아버지 무릎에 쓰러진 채로 정신을 잃었다고 한다.

후지노는 그렇게 세상을 떠났다.

또 하나의 추억도, 그 무렵의 일, 어느 쪽이 먼저였는지는 잊어버렸지만, 역시 여름날 작열하던 오후의 일로 기억하고 있다.

마을에서 한 10리쯤 떨어진 K 정거장을 드나드는 짐마차가 하루에 두세 번, 마을 어귀에서 곧게 북쪽으로 뻗어 있는 큰길을, 먼지를 뒤집어쓴 검은 말의 발굽에 흙먼지를 날리며 오가곤 했다. 그날 우리 대여섯 명은 빈 짐마차를 태워 달라고 해서, 마을 어귀에서 300~400미터 떨어진 곳에 있는 하천의 흙으로 만든 다리까지 갔다. 그 하천은 물레방아로 흘러간다.

우리 일행은 모두 장난기 한창인 농가의 아이들이었는데, 그중에는 머리 위로 내리쬐는 햇볕을 싫어해 커다란 머위잎을 모자 삼아 쓰고 있는 아이도 있었다.

다리를 건너자, 양쪽에는 어린 소나무가 늘어서 있었고, 소나무 그늘 아래의 풀숲 속에 더러운 옷차림의 여자 거지가 엎드려 누워 있었다. 그 옆에는 태어난 지 채 돌도 안 되어 보이는 아기가 목이 쉰 듯한 울음소리를 내며 풀 속을 기어다니고 있었다.

그것을 본 마차꾼 사다 할아버지는 말을 멈추고 "무슨 일이냐?" 하고 소리쳤다. 우리들은 모두 마차에서 뛰어내렸다.

여자 거지는 힘겹게 풀숲에서 머리를 들었는데, 때와 먼지가 땀에 섞여 흘러내렸고, 코가 뭉개진 흉한 얼굴에는 말로 할 수 없는 피로와 고통의 빛이 역력했다. 왼쪽 눈썹 위에는 또렷한 상처가 나 있었고, 피 한 줄기가 뺨에서 귀밑을 타고 가슴으로 흘러 들어갔다.

"말에 차여서 걸을 수가 없어요." 여자는 숨이 끊어질 듯 이렇게 말하고는 다시 엎드려 버렸다.

사다 할아버지는 물끄러미 지켜보다가, "마을까지 가면 괜찮을 게다. 의사도 있고 순사도 있으니"라고 내뱉듯 말하고, 덜컹덜컹 마차를 몰아 가 버렸다.

우리들은 거지 앞에 나란히 서 있었다. 잠시 후, 도요키치가 옆에 있던 만타로의 어깨를 툭 치며 말했다.

"더러운 거지잖아. 목덜미가 새까맣네."

풀숲 속의 아기가 얼굴을 찡그리며 네 발로 엎드린 채 우리를 바라보았다. 여인은 미동도 하지 않았다.

그것을 본 도요키치는 갑자기 큰 소리로, "죽었구나, 이 거지"라고 외치며 풀 한 줌을 뜯어 여자 위로 던졌다.

"풀로 덮어 묻어 주자."

그러자 모두가 입을 모아 욕을 하며 도요키치처럼 풀을 던지기 시작했다. 나는 혼자 그들과는 다른 마음으로 그 광경을 바라보았다.

그러자 아기가 조금 큰 소리로 울기 시작했다. 여자가 풀 더미 속에서 얼굴을 들었다.

"아, 살아 있네, 살아 있네!" 모두가 고함을 지르며 도요키치를 앞세워 마을 쪽으로 달아나 버렸다. 나는 어찌 된 일인지 다리가 움직이지 않았다.

추한 여자 거지는 흐르는 피를 닦으려 하지도 않고, 피로에 지친 듯한 눈빛으로 원망스러운 듯, 혼자 남은 내 얼굴을 물끄러미 바라보았다. 나도 쳐다보았다. 먼지와 땀으로 얼룩진 그 얼굴을, 기울어 가는 강한 여름 햇살이 가차 없이 비추고 있었다. 뺨에서 목을 타고 가슴으로 떨어진 피 한 줄기가 너무도 생생하게 나의 눈을 자극했다.

나는 눈앞이 아찔해지고 사방이 어두워지는 듯하더니, 갑자기 말할 수 없는 한기가 온몸을 엄습했다. 아이들보다 50여 미터쯤 뒤처져, 나도 마을 쪽으로 달리기 시작했다.

그러나 나는 왠지 앞서 달려가는 아이들을 따라잡으려 하지 않았다. 30여 미터쯤 달리다가 멈춰 서서 뒤를 돌아보았다. 여자는 60센티미터 정도의 풀숲에 가려 보이지 않았다.

이번에는 다시 도요키치 일행을 쳐다보니, 이미 좀 전의 거지에 대한 일은 모두 잊었는지 큰 소리로 "나는 관군이다"라고 노래를 부르며 달리고 있었다.

그때 나는 묘한 기분으로 터벅터벅 걷기 시작했다. 어린 나의 마음속에는, 여자 거지의 핏빛 얼굴이 아른거리면서, '선생님은 불구자나 거지에게 욕을 해서는 안 된다고 하셨는데, 도요키치는 그런 짓을 했으니, 비록 도요키치가 일등이고 내가 이등이라 해도, 나보다 도요키치가 더 나쁜 사람이다' 같은 생각을 했다.

아아, 그 후 10여 년, 나는 마을의 소학교를 수석으로 마치고, 다카시마 선생님의 두터운 정에 힘입어 모리오카시의 고등소학교*에서 공부하게 되었다. 그곳도 무사히 졸업하고, 현립 사범학교에 들어갔으나 그해 여름 아버지가 폐병으로 돌아가셨다. 얼마 후 어머니는 옆 마을에 있는 친정으로 돌아갔다. 반년쯤 뒤에는 어떤 사정으로 홋카이도로 갔다는 소식까지만 들었을 뿐, 살아 계신지 돌아가셨는지, 소식을 들은 사람도 없고 물어볼 곳도 없다.

---

* 고등소학교 : 현재의 중학교다.

나는 스무 살에 고등사범학교*에 진학하여, 반년 전 그곳도 졸업했다. 졸업 시험 얼마 전부터 생긴 악성 기침이 날이 갈수록 심해져, 이 가마쿠라의 병원 생활을 시작한 지 벌써 넉 달이 넘었다.

학교의 저녁, 병실의 밤, 말과 글로 전해 오는 친구의 정이 온몸에 사무쳤다. 그러나 나는 어째서인지 많은 친구들처럼 "사랑"이라는 것을 가깝게 느껴 본 적이 없다. 어떤 친구는, "너는 너무 내성적이고 늘 경계심이 지나치기 때문이다"라고 평했다. 아마 그럴지도 모른다. 또 어떤 친구는, "아침부터 밤까지 책 속에만 파묻혀 있어 세상과 접하지 않으니 기회가 없었던 것이다"라고 했다. 그럴지도 모른다. 또 다른 친구는, "지식의 노예가 되어 얼음처럼 차가운 마음이 되어 버렸기 때문이다"라며 비웃었다. 어쩌면 실은 그럴지도 모른다.

수많은 사람을 고치고, 수많은 사람을 죽게 한 이 병상 위, 익숙한 약 냄새를 맡으며, 아득히 들리는 베개 맡의 파도 소리에, 꿈을 꾸려고 한 것도 아니지만 십수년 전의 일을 꿈꾼 것이다. 아, 후지노! 겨우 여덟 살, 반년 남짓한 짧

---

* 고등사범학교 : 현재의 대학이다.

은 추억, 물론 사랑이라 할 수는 없다. 그렇게 말하면 남들도 웃을 것이고 나 자신도 슬플 것이다. 다만 숲에 진 그늘의 습기처럼 햇볕조차 모르는 쓸쓸한 나의 반평생에, 문득 하늘에서 뚝 떨어진 한 점의 붉은 빛, 그것은 바로 그 사람이었다. '붉다'라 하면, 아, 그 8월의 염천 아래, 하얀 정강이에 흘러내리던 한 줄기의 피! 그 일을 생생하게 떠올릴 때마다, 이유도 없이 나는 다시 그 여름 풀숲 속에 쓰러져 있던 여자 거지가 떠오른다. 그러면 곧 또 나는, 행방을 모르는 어머니에 대한 무서운 상상을 하게 된다. 피를 토한 후 혼수상태가 되기 전, 말할 수 없는 피로감에 몇 번이고 되풀이하여 꿈을 꾸다 보니, 이제 내 기억 속에 떠오르는 친어머니의 얼굴은 더 이상 참된 모습이 아니라, 여름의 풀숲 속에서 원망스럽게 나를 바라보던, 어디서 와 어디로 갔는지도 모르는 그 여자 거지의 얼굴과 같은 모습이 되어 버린 것이다.

  병든 차가운 가슴을 안고, 인생의 쓸쓸함, 고독의 슬픔에 의지할 곳 없는 저녁, 간절히 그리운 것은 글을 배우는 기쁨조차 알지 못했던 그 옛날이다. 지금까지 배워 온 지식이란 물론 극히 하찮은 것에 불과하지만, 나는 그것을 위해 반평생의 심혈을 쏟아부었다. 그 때문에 이 병도 얻었다. 그래서 결국 도대체 무엇을 배웠는가? 무엇을 알게 되었는가? 알게 된 것은, 인간은 아무것도 진정으로 알 수 없다는 막연한 두려움, 그것 하나뿐이었다.

아아, 여덟 살의 3월 30일 저녁! 그 이후 먼저 후지노가 죽었다. 길가의 풀숲 속에 쓰러져 있던 여자 거지를 보았다. 아버지도 죽었다. 어머니는 행방이 묘연해졌다. 다카시마 선생도 죽었다. 몇몇 친구도 죽었다. 마침내 나도 죽는다. 사람은 모두 헤어진다, 헤어지는 것이다. 결국은 모두 똑같이 죽지만, 죽었다고 해서 같은 무덤에 잠드는 것도 아니다. 대지 위 여기저기에, 고작 180센티미터도 안 되는 구덩이에 묻혀, 말도 통하지 않고 얼굴도 보지 못한다. 위에는 푸른 풀이 자랄 뿐이다.

남자와 여자가 무심히 쾌락에 빠져 있는 동안, 그 무심한 사이에서 아이가 생긴다. 사람은 우연히 태어나는 것이라 생각하면, 이보다 더 딱한 일도, 더 슬픈 일도 없다. 그 우연이 끝없는 필연의 한 사슬이라고 생각하면, 더욱 딱하고 더욱 슬프다. 태어나지 않을 수 없는 것이라면, 태어나도 어쩔 수 없다. 가장 먼저 죽는 사람이, 가장 행복한 사람이 아닐까!

작년 여름, 오랜만에 고향을 찾았을 때, 밤나무 고목 아래 아버지의 무덤은 수년간 쌓인 낙엽에 덮여 있었다. "세이코 동녀"라고 새겨진 후지노의 작은 묘비는, 글자가 보이지 않을 만큼 비바람에 침식되어 원추리 속에 묻혀 있었다.

훌륭하게 새로 지은 소학교가, 예전 풀밭이었던 마을 뒤 하천가에 서 있었다.

변하지 않은 것은 방앗간의 물레방아 소리뿐인 것 같다.

열일곱 살 되던 해, 소젠사마*를 모시는 제사 때 말에서 떨어져 오른쪽 다리가 부러지고 왼쪽 눈을 잃은 도요키치는 마을 면사무소의 사환이 되어 있었고, 내가 찾아갔을 때는 제1기 지세 및 부가세 미납 독촉장을, 이마의 땀을 닦아 가며 등사판으로 찍고 있었다.

생전 미발표,
메이지 41년 6월고.

---

* 세이코 동녀 : 세이코는 묘비명이고, 동녀란 어린 소녀를 말한다.
* 소젠사마 : 말을 지켜 주는 수호신이다.

해 설

〈비로드〉는 다쿠보쿠 생전에 발표되지 않은 작품으로, 초출은 1919(다이쇼 8)년 4월 21일, 신초샤(新潮社)판 《다쿠보쿠 전집》 제1권이다. 집필 시작은 1908년 5월 31일, 94매를 탈고한 것은 6월 4일이다.

다쿠보쿠의 일생을 보면, 1907년(만21세) 5월 고향 시부타미를 떠나 다음 날 홋카이도 하코다테에 도착한다. 홋카이도 생활에 잘 적응하지만, 다쿠보쿠는 도쿄의 중앙 문단과 멀어져 있는 것에 불안감을 느끼고, 문학으로 성공하기 위해 1년 후인 1908년 5월 상경한다. 당시는 자연주의 문학이 성행하던 시기로 소설이 주목을 받았는데, 다쿠보쿠도 이러한 맥락에서 상경 직후부터 집중적으로 소설을 집필했다. 소설이 팔리면 문학적 성공은 물론 경제적 자립이 가능한 시기가 도래한 것이다. 그러나 당시 문학적 성공으로 경제적 자립을 이룰 수 있는 문학자는 극소수에 불과했다. 참고로, 당시 일본 최고의 작가라 할 수 있는 나쓰메 소세키는 도쿄제국대학 영문학 교수를 그만두고 도쿄《아사히 신문(朝日新聞)》사의 전속 소설가로 등장

한다. 그는 월 200엔의 보수를 받았다고 한다. 당시 경찰, 소학교 교사의 초봉이 12~14엔 정도로 알려져 있다.

다쿠보쿠는 상경 직후부터 소설 집필에 몰두하여 약 1개월 사이에 〈기쿠치 군(菊池君)〉, 〈병원의 창문(病院の窓)〉, 〈어머니(母)〉, 〈비로드〉, 〈두 줄기의 피〉, 〈나의 숙부의 형벌(刑余の叔父)〉 여섯 작품 약 300매의 원고를 탈고한다. 이 원고를 팔아 생활의 곤궁에서 벗어나려 했지만 결국 실패하고 만다. 6월 4일 다쿠보쿠는 당시 문단의 최고 실력자의 한 명이었던 문학자 모리 오가이(森鷗外)에게 〈병원의 창문〉, 〈비로드〉 두 작품의 출판을 적극 부탁한다. 모리 오가이의 진력으로 〈병원의 창문〉은 슌요도(春陽堂) 출판사와 원고료 22엔에 계약이 성사되었으나 생전에 출판되지는 못했다. 〈비로드〉는 반송되었다.

반송된 〈비로드〉의 원고 속에는 모리 오가이 선생님이 하나하나 잘못된 부분이나 방언 등을 고쳐 주신 원고 한 장이 들어 있었다고 다쿠보쿠는 그의 일기(1908년 6월 11일)에 적고 있다.

다쿠보쿠는 다음 날 수정한 〈비로드〉의 원고와 막 탈고한 〈두 줄기의 피〉의 원고를 들고, 당시 유명 문예 잡지 《태양(太陽)》을 주재하던 하세가와 덴케이(長谷川 天溪)에게 가져갔지만, 매수는 실패로 끝났다. 이렇듯 〈비로드〉는 불운하게도 당시의 문학계에서 제대로 평가를 받지 못한 듯하다. 그러나 오늘날에는 다쿠보쿠의 소설 중에서 "가장 감상할 가치가 있는 작품"[이마이 야스코(今井 泰子)]이라는 높은 평가를 받고 있다.

다쿠보쿠는 이 작품에 대해, "이것은 시골에서 도망쳐 도쿄로 나와, 3일간 하녀를 하고 고향으로 돌아가는 여자에 대한 것이다. 나의 체험과는 무관하지만, 그 시골은 시부타미로 했다"(1908년 5월 31일 일기)라고 적고 있다. 시부타미는 앞서 밝힌 대로 다쿠보쿠의 고향이다.

이야기의 주인공은 일본의 동북쪽 시골 마을에 사는 오사다와 오야에라는 두 처녀다(사다에 접두어 '오'를 붙여 오사다라고 부른다. 오야에도 마찬가지).

원래는 마을의 이발사 출신이었는데 지금은 도쿄에서 개업해, 모든 것이 하이칼라스럽게 멋지게 변한 겐스케가 마을에 들른 것을 계기로, 두 처녀는 도시 생활의 꿈에 부풀게 된다. '하녀살이를 하면 식사까지 제공되고 한 달에 4엔은 벌 수 있다'는 겐스케의 말에 솔깃하여, 도쿄로 돌아가는 겐스케를 따라나선 것이다. 도쿄에서의 하녀 생활로 돈을 벌겠다는 계획을 부모와 상의하면 허락하지 않을 것이라 생각하여 가족에게도 알리지 않고 몰래 도쿄로 가출한 것이다.

오사다는 도쿄에 도착한 날, 자신의 하녀 방에서 이불의 윗부분이 비단같이 부드러운 '비로드' 즉 벨벳으로 되어 있는 것을 처음 본다. 이불을 덮자 볼에 닿는 벨벳의 부드러움에 오사다는 가출하기 전날 밤 그녀의 방에 몰래 들어온 남자친구 우시노스케가 그녀의 뺨을 만지며 '비로드 같다'고 말했던 것을 떠올린다. 이러한 표현은 당시 동북지방의 농촌에서 매우 하이칼라스러운 표현으로 알려져 있었다. 다쿠보쿠 자신도 '하이칼라 취향'으로 다쿠보쿠다운 비유라고 할 수 있다. 이 소설의 제목이 〈비로드〉 즉 벨벳으로 명명된 배경이다.

오사다가 우에노역에 도착했을 때, 화자는 오사다의 마음을 다음과 같이 적고 있다.

아직 본 적 없는 꿈을 꾸고 있는 것 같은 마음으로, 도쿄도 없고 고향도 없고, 나 자신 또한 어디로 가 버린 것인지, 있는 것은 눈앞의 인력거에 타고 있는 겐스케의 뒷모습뿐, 그저 멍하니 있을 뿐 도시의 화려함을 자세히 살펴보지도 못했다. 찬란한 불빛, 수천 개의 소리를 합친 듯한 굉음을 내는 도시의 울림, 그 불빛이 오사다를 녹여 버릴 듯하다. 그 소리가 오사다를 짓눌러 버릴 것 같다.

이 내용은 처음으로 대도시를 접했을 때 시골 사람이라면 당연히 느낄 수 있는 감상일 것이다. 복잡다단한 대도시가 주는 첫인상은 대개 그런 것일 테다. 그리고 이튿날, 오사다는 젠스케의 부인 오키치의 안내로 전차도 타고, 아카몬(赤門), 아사쿠사(淺草), 료운가쿠(凌雲閣), 긴자의 거리, 신바시역, 히비야 공원, 수족관, 증기선 등 도쿄와 대도시가 지닌 문명의 한 단면을 구경한다. 이때에는 도시의 낯선 것들에 흥미를 보이거나 가슴이 두근거리는 등, 대도시가 가진 매력에 이끌려 긍정적인 평가도 섞였을 것이다. 그러나 도쿄는 오사다에게 끝내 '피곤한' 장소일 따름이었다.

 대도시는 그 어마어마한 굉음으로 오사다의 마음을 압도했다. 그러나 오사다는 딱히 고향에 돌아가고 싶다고 생각하지 않았다. 그렇다고 하여 도쿄가 좋다는 것도 아니다. 여기에 있겠다고 생각지도 않지만 떠나겠다고도 생각지 않는다. 한 치 앞도 모르고, 한 치 뒤도 모른 채, 온순한 오사다는 지쳐 있다. 그저 지쳐 있을 뿐이다.

즉 오사다에게 도쿄란 문명의 이익이 집결된 장소라는 밝은 이미지가 아니라, 그 이면에 동반되는 부정적인 이미지로밖에 비쳐지지 않았던 것이다. 이 점은 오사다를 묘사하는 화자, 즉 작가 다쿠보쿠의 의도가 강하게 반영된 결과라고 생각된다. 다쿠보쿠는 근대 도시 도쿄를 부정적으로 인식하고 있었던 것 같다. 도쿄에서 그 자신이 문학적 생활적 실패자였기 때문인지도 모르지만, 당시의 대다수의 민중도 생활상으로 다쿠보쿠의 범주를 넘지 못했다.

딸들의 가출에 놀란 고향에서 두 처녀를 데리러 마을의 아저씨가 갑자기 나타난다. 불과 3일간의 도쿄 생활은 끝나고, 결국 두 사람은 고향으로 끌려가게 된다. 3일 만에 고향으로 돌아가는 오사다의 마음은 상상 속의 도쿄와 현실의 도쿄가 너무 다른 이유 때문인지 아쉬움도 별로 없다. 그러나 지기 싫어하는 성품의 말괄량이였던 오야에는 강제로 끌려가는 데 불만을 품고, 언젠가는 반드시 자신만이라도 상경하리라 마음먹는다.

전체적인 구성은 이발사 겐스케에게 지나치게 많은 지면이 할애되어 있으면서도, 정작 겐스케가 두 소녀를 3일 만에 싱겁게 돌려보내 버리는 대목 등은 아쉬움이 남는다. 전후 문맥상 조금 더 디테일한 설명이 필요하다고 생각된다. 이러한 구성상의 약점이 소설가로서 성공하지 못

한 다쿠보쿠의 약점이었는지 모른다.

〈두 줄기의 피〉는 황순원의 〈소나기〉를 연상케 한다. 어린 시절, 도시에서 이사 온 하이칼라의 예쁜 여자아이, 그 아이는 비극적으로 죽고 소년의 가슴에는 응어리가 맺힌다.

초출은 다쿠보쿠 사망 후인 1919(다이쇼 8)년 4월 21일, 신초샤판 《다쿠보쿠 전집》 제1권이다. 다쿠보쿠는 1908(메이지 41)년 6월 9일자 일기에 다음과 같이 쓰고 있다.

어젯밤 잠자리에 든 후, 다음과 같은 것을 쓰려고 생각했다. 〈두 줄기의 피〉(유년기에 경험한 슬픈 이야기)라는 것을 쓰기 시작했으나, 3~4매를 쓴 후 망설였다. 그 속에서 쓰려고 한 예쁜 여자아이의 죽음과, 피를 뒤집어쓴 불길한 남자는 아무래도 따로 떼어 놓는 것이 좋다고 생각했기 때문이다. 그래서 저녁까지 결국 새롭게 〈나의 숙부의 형벌〉이라는 것을 생각했다.

그리고 2일 후인 6월 11일자 일기에 "〈두 줄기의 피〉 32매를 탈고했다"라고 적고 있다. 이러한 내용으로 보아 이 소설은 1908년 6월 9일부터 6월 11일에 걸쳐 집필되었음을 알 수 있다.

다쿠보쿠는 이 소설이 완성되자, 며칠 전에 탈고한 소설 〈비로드〉와 함께 잡지에 발표하고자 당시 유명 문예 잡지 《태양》을 주재하던 문학자 하세가와 덴케이에게 가져갔지만, 잡지에 게재되지 못하고 2개월쯤 뒤 "유감스럽지만"이라는 취지의 글과 함께 원고를 돌려받았다.

다쿠보쿠는 그의 대표적인 단가집 《한 줌의 모래》에서 "커다란 조끼 모양의 붉은 꽃 / 지금도 눈앞에 선하네 / 여섯 살 때의 첫사랑"이라는 단가를 읊고 있다. 이 단가에 그려진 "여섯 살 때의 첫사랑"의 모델에 대해서 여러 설이 있는데, 일반적으로 고향 마을의 지주의 딸이라고 알려져 있다. 이 소설 〈두 줄기의 피〉의 여자 주인공인 미소녀 후지노는 다쿠보쿠의 단가에 그려진 "첫사랑"의 이미지와 잘 겹쳐지는 듯하다.

이야기의 화자이자 주인공인 신타로의 집은 마을에서 물통 등을 만드는 집의 외아들이다. 마을 사람들은 보통 "통장이집 신타"라 부른다. 신타로는 남들처럼 싸움도 잘 못 하고, 성적도 신통치 않은, 허약한 소년이다. 그런데 모리오카 시내에서 전학 온, 마을에서 비할 데 없이 예쁘고 총명한 소녀 후지노에게 마음이 끌린다. 신타로가 소학교

2학년 때 유급하여 훌쩍이고 있을 때, 후지노가 다정하게 위로해 준 것을 계기로, 신타로는 학교 공부에도 힘을 내어 성적도 크게 향상되어, 반의 우등생이자 심술쟁이인 도요키치와 일등 자리를 다투게 될 만큼 된다. 두 사람이 다정한 우등생 동무가 되자 주변의 반 아이들은 "신타랑 후지노랑 부부가 되면 좋겠다"라고 놀리기도 한다. 그러면 신타로는 얼굴이 새빨개져 달아나지만, 후지노는 "될 거야. 되고말고"라며 태연히 받아넘긴다.

그런 후지노가 여름방학의 무더운 어느 날, 방앗간의 물레방아에 끼여 죽고 만다. 하얀 다리에 흘러내린 붉은 피 한 줄기가 신타로의 가슴을 먹먹하게 만든다. 신타로는 정신없이 내달려 집에 도착하자마자 그대로 실신한다.

이 슬프고 가련한 이야기 뒤에는, 아기를 안은 거지 여인이 말에 차여 다 죽어 가는 모습으로 풀숲에 누워 있는 것을 목격한 이야기가 이어진다. 먼지와 땀에 전 거지 여인의 미간에서 한 줄기 선혈이 생생히 흘러내리고 있다.

이 두 줄기의 피를 둘러싼 이야기는 같은 시기에 일어난 일로, 이 두 삽화를 회상하는 신타로는 후에 고등사범학교를 졸업하고 지금은 결핵으로 입원 중인 청년이다. 음울한 고독 속에서 결국 "가장 먼저 죽는 사람이, 가장 행복한 사람이 아닐까!"라는 회의에 휩싸인다. 이러한 청년의 절망적인 심정에는 당시 다쿠보쿠가 처해 있던 문학적 성공에 대한 불안과 초조가 반영되어 있다고 해석하는 것이 일반론이다.

한편 이 소설을 구성적 면에서 보면 두 개의 삽화를 맺어 주는 무게감이 부족하여, 어린 시절의 연정의 '비애'(이 또한 충분히 묘사되어 있지 않다고 할 수 있다)와 거지 여인의 이야기가 소재로서 따로 노는 듯한 인상을 준다.

또한 마을 아이들로부터 어떠한 제재도 받지 않고, 누구의 심부름꾼도 되지 않는 신타로의 모습은 마을의 하류 계급이라 할 수 있는 통 만드는 집의 아들로서는 이해하기 어려운 부분이다. 이러한 신타로의 모습에는 절의 주지 아들로서 마을에서 우대를 받았던 다쿠보쿠의 유년 시절의 환경이 반영되었다는 해석이 있다.

지은이에 대해

　이시카와 다쿠보쿠(石川啄木, 1886~1912)는 1886(메이지 19)년 일본의 동북 지역인 이와테(巖手)현에서 승려의 아들로 태어나 귀여움을 받으며 자랐다(일본의 승려는 일반적으로 대처승으로 가족이 있다). 모리오카 중학교 시절부터 문학적 재능을 보이며 시작(詩作) 활동을 활발히 했으며, 조숙하게도 후일 아내가 되는 세쓰코(節子)와의 연애에 열중하기도 했다. 졸업을 반년 앞두고 중학교를 중퇴해, 학력 사회가 되어 가는 근대 일본 사회에서 불리한 인생길을 걷게 된다. 중학교를 중퇴한 다쿠보쿠는 문학적 재능을 입신의 기회로 삼고자 시, 문학 서평 등을 분주히 발표한다.

　그러나 다쿠보쿠의 아버지가 호토쿠사 주지직에서 파면당하면서, 이후 그는 생활고와 싸우며 문학의 길을 걸어야 했다.

　1905년 19세 때, 시집 《동경》을 발간하며 문단의 주목을 받기도 했으나, 그것이 생활에 보탬이 되지는 않았다. 당시는 글을 써서 생활할 수 있는 소위 프로 작가들이 탄

생하기 전이었고, 그나마 신문이나 상업 잡지 등에서 관심을 보인 것은 소설류였기 때문이다.

1907년 21세 때, 다쿠보쿠는 생활의 패턴을 바꾸어 보고자 홋카이도에 건너가 임시 교원, 신문 기자 등으로 일하며 생활인으로서 동분서주해 나름대로 안정을 찾는다. 그러나 생활인으로서의 안정은 곧바로 문학으로부터 동떨어져 있음을 자각시켰고, 약 1년간의 홋카이도 생활을 뒤로한 채 다쿠보쿠는 상경길에 오른다. 마지막으로 문학적 인생을 추구하고자 한 것이다.

상경 후, 다쿠보쿠는 생활비를 마련하고자 열심히 소설을 쓴다. 당시는 자연주의 문학이 성행하던 시기로 리얼리즘이 소설의 중요한 요소였는데, 다쿠보쿠의 소설은 그것과는 거리가 있는 낭만주의적 성향의 작품이 대부분이었다. 다쿠보쿠의 생활이나 발상이 다분히 현실적이지 못하고 낭만적 성향이 강했기 때문이었다.

그의 소설은 팔리지 않았고, 다쿠보쿠는 문학적 좌절과 생활고에 허덕여야 했다. 더욱이 상경할 때 친우에게 부탁한 어머니와 처자식은 하루빨리 상경하기를 원하고 있었다. 다쿠보쿠는 단가를 수없이 지으며 현실적 고뇌를 잊기 위해 몸부림쳤다. 이 무렵 쓴 단가들은 후일 그의 대표 가집인 《한 줌의 모래(一握の砂)》에 수록된다.

생활고에 허덕이면서도, 절약하는 등의 성실성이 그에게는 없었다. 여전히 그는 문학적 낭만을 추구했고, 가족과 생활에 대한 고뇌는 말뿐이었다. 어쩌면 이러한 이중적 성향이 천재 시인 다쿠보쿠를 만든 잠재력이었는지도 모른다. 데카당스적인 이중생활의 면면이 적나라하게 그려진 〈로마자 일기(ローマ字日記)〉는 이 무렵 쓴 것이다.

1909년 3월 23세 때, 다쿠보쿠는 생활을 위해 고향 선배의 도움으로 도쿄《아사히 신문》사 교정 직원으로 취직하게 된다. 그리고 홋카이도의 가족을 맞이해 비로소 일가가 단란할 기회를 얻게 된다.

그것도 잠시, 그해 가을 생활고와 고부간의 갈등을 참지 못한 아내 세쓰코가 딸을 데리고 친정으로 가출하는 일이 벌어진다. 얼마 후 아내는 돌아오지만 이 일을 계기로 대단한 충격을 받은 듯, 다쿠보쿠는 친우에게 보낸 편지에 "나의 사상은 급격히 변했다(僕の思想は急激に變化した)"라고 쓰고 있다. 이러한 변화는 그의 평론에 잘 나타나고 있다. 〈생활의 시(食ふべき詩)〉에서는 공상적 시인의 발상을 버리고 현실적 감각에 의한 문학 추구를 주장한다. 〈가끔씩 떠오르는 느낌과 회상(きれぎれに心に浮んだ感じと回想)〉에서는 국가 권력을 강권으로 이해한 면모가 드러나 있다. 당시 이런 인식을 가진 문학자는 매우 드물었다. 이러한 국가 인식은 다음 해에 쓴 〈시대 폐쇄의 현상(時代閉塞の現狀)〉의 하나의 기반이 된다.

24세 때인 1910년 초여름, 대역 사건이라 칭하는 사회주의자 탄압 사건 일어난다. 다쿠보쿠는 여기에 큰 관심을 보이며 사회주의 사상에 대해 공부를 하고 관심을 기울인다. 이러한 배경 아래 그해 8월, 〈시대 폐쇄의 현상〉을 집필한다. 이것은 메이지 제국주의 사회 모순을 적나라하게 묘사한 당대 최고의 평론이라 할 수 있다.

그해 12월 다쿠보쿠는 일본 근대 문학사에 그의 이름을 각인한 단가집 《한 줌의 모래》를 간행한다. 이 단가집에 담긴 대부분의 단가들은 1910년에 쓴 것으로, 도시 생활의 애환을 그린 것과 추억을 회상하는 내용으로 되어 있다. 후세의 문학 연구가들은 이 단가집의 단가를 평하며 다쿠보쿠식 단가 또는 생활파 단가라 칭했다.

이듬해 다쿠보쿠는 점점 병약해져 대학 병원에 입원하기까지 했다. 그러는 가운데 문학적 의지를 보이며 시 노트 〈호루라기와 휘파람(呼子と口笛)〉을 작성한다. 혁명에 대한 동경과 생활인으로서의 꿈이 그려져 있어 분열된 인상을 주기도 한다. 이 시 노트는 시집 발간을 염두에 두고 만든 것이었으나 다쿠보쿠 생전에 빛을 보진 못했다.

다쿠보쿠의 병세는 더욱 악화해 더 이상 집필 활동을

할 수 없는 상태가 되었고, 마침내 1912년 4월 13일 26세의 젊은 나이에 폐결핵으로 사망했다.

지은이 연보

1886년(0세)   2월 20일(전년 10월 27일이라는 설도 있음),
이와테현 미나미이와테군(南巖手郡)
히노토무라(日戶村) 조코사(常光寺)에서 태어난다.
아버지 잇테이(一禎)는 37세로 이 절의 주지였다.
어머니 가쓰는 40세로 잇테이의 스승 가쓰하라
다이게쓰(葛原對月)의 여동생이었다. 다이게쓰는
시에 능했는데 아버지 잇테이도 그러한 영향으로
시를 즐겼다. 당시 선승은 대처가 인정되지 않아,
다쿠보쿠는 두 누나와 함께 어머니 호적에 올랐다.
호적명은 하지메(一)다. 다쿠보쿠는 딸들만 있던
집의 아들이었던 데다가 병약해 더욱 부모의 사랑을
받았다.
1887년(1세)   아버지 잇테이가 조코사보다 큰 절인
호토쿠사 주지로 임명되어, 3월에
기타이와테군(北巖手郡) 시부타미무라(澁民村)로
일가족이 이주한다.
1891년(5세)   5월, 나이보다 1년 빨리 시부타미

심상소학교에 입학한다. 병약했지만 성적이 오르며
마을 사람들로부터 신동이라고 불렸다.

1892년(6세) 9월, 어머니가 아버지 잇테이에게 입적하게
되어, 호적상 '이시카와 잇테이 양자
하지메(石川一禎養子一)'가 된다.

1895년(9세) 3월, 시부타미 심상소학교를 수석으로
졸업하고, 모리오카시립 모리오카 고등소학교에
입학한다. 당시 모리오카군 인근에서 고등소학교로
진학하는 학생은 매우 적었다. 교장은 니토베
센가쿠(新渡戶仙岳)로, 후에 《이와테
일보(巖手日報)》의 주필이 된다. 다쿠보쿠는
모리오카 시내 센보쿠쿠미조에 있는 외삼촌 집에서
기거하며 학교에 다닌다.

1897년(11세) 중학 진학 수험 공부를 위해 학습 학원에
다닌다.

1898년(12세) 3월, 모리오카 고등소학교를 좋은 성적으로
졸업하고, 4월, 모리오카 보통중학교(후에 모리오카
중학교)에 입학시험 성적 10등으로 입학한다.
이마가 유달리 넓고 승부 근성이 있었지만 밝고
순진해 상급생으로부터 귀여움을 받았다.

1899년(13세) 모리오카 중학교의 전통인 입신출세

분위기의 영향으로 해군사관학교를 동경한다. 이때 상급생 오이카와 고시로(及川古志郎, 후에 해군성 장관)를 알게 된다. 오이카와가 애독하는 요사노 뎃칸(與謝野 鉄幹)의 시집에 영향을 받아 문학에 눈을 뜨고, 이미 뎃칸이 주재하던 문학 단체 신시샤의 동인이었던 상급생 긴다이치 교스케(金田一京助)와 교류한다. 선배들의 문학 회람 잡지에도 참가하며 문학에 열중하게 된다. 이해, 모리오카 시내 가타비라코지(帷子小路)에 사는 큰 매형 집에 기거하며, 근처에 사는 모리오카 여학교 학생인 호리아이 세쓰코(堀合節子)를 알게 된다. 그녀와의 연애는 문학열을 높였다.

1900년(14세) 5월, 학급에서 회람 잡지 《데이지(丁二)》를 발행한다. 뎃칸의 단가집 《동서남북(東西南北)》, 《천지현황(天地玄黃)》, 신시샤 기관지 《명성(明星)》을 애독하며 요사노 뎃칸, 요사노 아키코(與謝野 晶子) 부부의 문학에 심취해, 신시샤의 회원이 된다. 이 무렵부터 다쿠보쿠는 교실을 빠져나와 고즈카타(不來方)성 터에서 나뒹굴며 학업을 게을리하게 된다.

1901년(15세) 2월, 학생들이 주도한 교내 쇄신 데모에

적극적으로 참여한다. 학생들의 요구가 받아들여져
교원들이 다수 이동한다. 5월, 급우와 학습 동아리
'유니온회'를 결성해 영어를 공부한다. 9월, 친구와
회람 잡지 《니기타마(爾伎多麻)》를 발행한다.
12월부터 다음 해에 걸쳐 스이코(翠江)라는
필명으로 〈백양회 영초(白羊會詠草)〉(이때
백양회는 친구와 만든 단가 동아리다) 25수를
《이와테 일보》에 게재한다. 활자화된 다쿠보쿠
최초의 작품이다.

1902년(16세) 1월 동아리 회원들과 《이와테 일보》의
'핫코다산 눈 속 행군 조난 사건' 보도 호외를 팔아,
그 수익을 아시오 동산(足尾銅山, 동 제련 과정에서
맹독성의 침출수가 피해를 주었다) 재해민에게
보낸다. 모리오카 중학교 5학년으로 진급한다.
4학년 학년 말 시험에 이어, 1학기 말 시험에서도
친구와 공모해 커닝을 해서 두 번째 견책 처분을
받는다. 7월, 보증인인 매형이 소환돼 9월에는 이
처분이 전교에 게시된다. 10월 27일, '집안
사정(반복되는 불미스러운 사건에 절 신도의 학비
원조가 중단된 것도 하나의 원인으로 알려져
있다)'을 이유로 자퇴서를 제출, 즉시 처리된다.

동월,《명성》에 처음으로 자작 단가가 게재된다.
동월 31일, 문학으로 입신하고자 상경, 모리오카
중학교 선배의 호의로 고이시카와구(小石川區)에
머무르게 된다. 11월 10일, 시부야에 있는 신시샤의
요사노 뎃칸, 아키코 부부를 방문해 이후 문학적
후원자를 얻게 된다. 모리오카 중학교 후배에게
취업을 부탁하지만(문예지 편집 일을 희망했다)
뜻대로 되지 않았고, 도쿄의 중학교로의 편입도
이루어지지 않아, 오하시 도서관에 다니며 문학
서적을 탐독하는 등 시간을 보낸다. 실의에 빠져
연말연시를 간다 긴시초(神田錦町)의 후배 방에서
보낸다.

1903년(17세) 《명성》에 작품은 게재되지만 수입이 얻지
못한 데다 건강을 해쳐, 2월 아버지에게 의지해
귀경한다. 절에서 요양을 하면서 재기를 꿈꾸며,
바그너 연구에 몰두해 5월 〈바그너의
사상(ワグネルの思想)〉을《이와테 일보》에
게재하지만 주목받지 못한다. 가을에는 미국 시집
《서프 앤드 웨이브 — 시인이 노래한 바다(Surf and
Wave : the Sea as Song by the Poet)》에 감명을
받고, 시 노트 〈에브 앤드 플로우(EBB AND

FLOW〉〉를 짓는 등 시에 눈을 뜬다. 이 무렵, 간바라 아리아케(蒲原有明)의 시를 애송한다. 11월, 신시샤 동인이 된다. 12월, 《명성》에 처음으로 다쿠보쿠라는 이름으로 발표한 다섯 편의 장시 〈애수(愁調)〉가 신시샤로부터 주목을 받게 된다. 이 무렵 연인 세쓰코가 보내 준 재미 시인 노구치 요네지로(野口米次郎)의 영문 시집 《동해에서(東海より)》에 깊은 감명을 받아 둘이서 미국행을 꿈꾼다.

1904년(18세) 2월, 호리아이 세쓰코와 혼약한다. 건강을 회복하고 명성파의 신인 시인으로서 《명성》, 《제국문학(帝國文學)》, 《시대사조(時代思潮)》, 《태양》, 《흰 백합(白百合)》, 《이와테 일보》 등에 작품을 발표한다. 10월, 첫 시집의 간행을 위해 상경해 11월 우시고메구(牛込區)에서 하숙하며 시집 출판을 위해 노력한다. 이 무렵, 주위의 많은 친구들에게 금전 폐해를 끼쳐 신용을 잃게 된다.

1905년(19세) 1월, 조동종 종비 체납 문제로 아버지가 파면되어 경제적 기반을 잃게 된다. 5월 3일, 오다지마(小田島) 형제의 도움으로 오다지마 출판사에서 첫 시집 《동경》이 간행된다(인세는

없었다). 초판 재판 합쳐 1000부였다. 서시는 우에다
빈(上田敏), 발문은 요사노 뎃칸이 맡아 주었다.
주위로부터 천재 시인이라는 평판도 있었지만 실제
시집 판매는 저조했고, 이에 낙심해 귀경했다. 문학
모임 유니온에서 주최해 준 결혼 피로연에 참석하지
않고 귀경해 비난을 받았다. 6월 4일, 아내 세쓰코,
부모님, 여동생과 모리오카 시내 가타비라코지에
신혼집을 얻어 살게 된다. 9월 5일, 생활을 위한 길을
열고, 더불어 자신의 문학 이념을 실현하고자 문예
잡지 《소천지(小天地)》를 창간한다. 이와노
호메이(岩野泡鳴), 마사무네 하쿠초(正宗白鳥),
오사나이 가오루(小山內薰) 등 지방 잡지로서는
호화 집필진을 구성했지만 창간호로 폐간되었다.
아내 세쓰코의 작품도 게재되어 호평을 받았다.

1906년(20세) 3월, 아내, 어머니와 함께 시부타미로
돌아가 사이토(齋藤) 씨 집에서 셋방 생활을 한다.
같은 달 23일, 아버지가 조동종 종무국으로부터
사면되자 호토쿠사의 주지 복직을 요청한다. 이로
인해 신도들 사이에 아버지를 지지하는 파와 대리
주지를 지지하는 파로 나뉘어 대립하게 된다. 4월,
모교 시부타미 고등소학교 임시 교원(월급 8엔)이

되어, '일본 제일의 임시 교원이 되겠다'고 의욕을
보인다. 징병 검사를 받지만 신체 박약으로 징집
면제를 받는다. 6월, 농번기 휴가를 이용해서
아버지의 호토쿠사 주지 복직을 위해 상경해
신시샤에 묵게 된다. 당시 주목을 받던 시마자키
도손(島崎藤村)의 《파계(破戒)》라는 소설에 깊은
감명을 받고, 귀향해 소설가를 목표로 〈구름은
천재다(雲は天才である)〉, 〈그 모습(面影)〉을 쓴다.
11월 《명성》에 자전 소설 〈장례(葬列)〉를 발표한다.
12월 29일 장녀 교코(京子)가 태어난다. 생활은
점점 궁핍해져 간다.

1907년(21세) 분쟁이 장기화되며 집안이 궁핍해진다.
아버지 잇테이는 가장으로서 무책임하게도
호토쿠사 주지 복직을 단념하고 집을 떠나 이전에
주지를 했던 조코사에 몸을 의지한다. 다쿠보쿠는
이렇게 아버지를 떠나게 만든 마을 사람들의 처사에
분노해 마을을 떠나기로 결심하고, 홋카이도에서
정착할 수 있도록 하코다테의 문학 동아리
보쿠슈쿠샤 친구들에게 부탁을 하고 4월 1일,
사표를 제출한다. 4월 19일, 평소 다쿠보쿠를
신뢰하던 학생들에게 교장의 여러 가지 정책에

반대하는 데모를 지시하고 즉흥적으로 혁명가를 만들어 부르게 한다. 이로 인해 마을이 분쟁에 휩쓸린다. 4월 22일, 면직 처리된다. 5월 4일, 여동생만을 데리고 쫓기듯이 마을을 출발한다. 보쿠슈쿠샤 동호인들의 호의로 문학 동인지 《빨간 클로버》를 편집하게 된다. 동인들 중에 평생 동안 후원자가 되어 주었던 미야자키 이쿠우(宮崎郁雨)가 있었다. 그는 물심양면 다쿠보쿠를 지원해 준다. 6월부터 하코다테구립 야요이(彌生) 심상소학교 임시 교원(월급 12엔)을 하게 된다. 7월에는 아오야나기초(青柳町)에 셋집을 얻어 가족과 함께 생활한다. 8월 18일 《하코다테 일일 신문(函館日日新聞)》 문예부 기자가 되는 등 유례없이 안정된 생활을 하게 된다. 그러나 동월 25일, 하코다테에 큰 화재가 발생해 보쿠슈쿠샤, 신문사, 소학교가 모두 불에 타고 만다. 9월, 친구의 도움으로 삿포로에 있는 《호쿠몬 신문(北門新聞)》사의 교정직 일을 얻어, 가족을 남겨 둔 채 홀로 삿포로로 간다. 삿포로 이주 2주일 후, 《오타루 일보(小樽日報)》사의 창업에 참가해 기자로 근무하게 된다. 이때 시인 노구치

우조(野口雨情)도 함께 신문사 일을 하며 교류하게
된다. 11월, 하코다테의 가족을 데려와
하나조노초(花園町)에 살게 된다. 12월, 신문사
사무국장과의 갈등으로 신문사를 퇴사하며,
연말연시를 맞이해 가족은 극도의 궁핍한 생활에
내몰리게 된다.

1908년(22세) 1월, 사회주의 연설을 듣고 크게 동감한다.
같은 달 13일, 《구시로 신문(釧路新聞)》사 사장
시라이시 요시로(白石義郎)의 호의로 편집장 격
대우에 삼면 주임직을 얻어 단신 부임한다(월급
25엔). 사장이 자신을 인정해 줌에 감격하여 노력해
경쟁 신문인 《호쿠토 일보(北東日報)》를 압도했다.
예를 들면, 문예란 '구시로 시단(釧路詞壇)'을
만들어 단가 장시 등을 게재했고, 2월 9일부터는
〈붉은 펜 소식(紅筆便り)〉이라는 화류계의 염문
기사를 호평 속에 연재했다. 같은 달 26일, 애국
부인회의 신년회에서 '신시대의
여성(新時代の女性)'이라는 제목으로 강연을 했다.
그러나 주위로부터 실력을 인정받지만, 학력의 벽을
느끼고 긴 탄식에 빠졌고, 중앙 문단에서는 자연주의
운동이 성행함을 알고 불안에 휩싸인다. 태어나

처음으로 술을 즐기고, 기생 고얏코(小奴)를 알게
된다. 4월, 문학적 운명을 극한까지 시도해 보고자
결국 상경을 결심, 하코다테의 친구 미야자키
이쿠우에게 가족을 부탁하고 바다를 통해 상경한다.
5월 4일, 혼고 기쿠자카초(本鄕菊坂町)
세키신칸(赤心館)에서 긴다이치 교스케와 기거하며
고대하던 창작 생활에 돌입한다. 상경 후 1개월여
만에 〈기쿠치 군〉, 〈병원의 창문〉, 〈어머니〉,
〈비로드〉, 〈두 줄기의 피〉, 〈나의 숙부의 형벌〉 등
여섯 편의 소설 원고 약 300매를 탈고하지만 판매에
실패, 곤궁에 처한다. 이 무렵 초조함 속에서 단가의
창작 의욕이 생겨, 흥에 따라 하룻밤에 100수 이상을
짓는 경우도 있었다. 작품은 《명성》에 게재되어
주목받지만 단가는 '유희적 기분이 많은 것'으로
박대하는 등 문학적 가치를 크게 느끼지 못했다.
또한 이 무렵 모리 오가이의 인정을 받아 간초로
단가회(観潮楼歌會)에 출석한다. 9월 궁핍한
상황에 처해 긴다이치 교스케의 도움으로 혼고구
모리카와초(本鄕區森川町)의 가이헤이칸(蓋平館)
별채로 그와 함께 방을 옮긴다. 11월, 소설 〈새의
그림자(鳥影)〉를 도쿄 《마이니치

신문(每日新聞)》에 연재하기 시작한다(60회). 동월, 당시 젊은이들에게 낭만주의적 열풍을 불어넣었던 문예지《명성》이 100회를 끝으로 종간되었다. 이 무렵 신시샤의 젊은 시인들 요시이 이사무(吉井勇), 기노시타 모쿠타로(木下杢太郎), 우에다 빈, 기타하라 하쿠슈(北原白秋) 등과 새로운 잡지 발행을 협의했다.

1909년(23세) 1월 1일, 문예 잡지《스바루(スバル)》를 창간, 다쿠보쿠가 발행인이 된다. 창간호에 소설 〈이질(赤痢)〉, 2호에 자전 소설 〈흔적(足跡)〉을 발표한다. 그러나 2호의 편집 문제로 히라노 반리(平野万里)와 갈등이 생겨《스바루》를 떠난다. 2월, 모리오카 출신 도쿄《아사히 신문》사 편집장인 사토 신이치(佐藤眞一)의 호의로, 동 신문사 편집(교정직) 직원으로 입사하게 된다(월급 25엔). 《후타바테이 시메이 전집(二葉亭四迷全集)》, 나쓰메 소세키의《그리고(それから)》,《문(門)》 등을 담당했다. 4월 3일부터 〈로마자 일기〉를 쓰기 시작한다. 이 무렵 반독신자의 데카당스에 빠져 아사쿠사의 사창가에 출입하게 된다. 5월, 각혈한다. 6월, 상경하기를 학수고대하던 홋카이도의 아내를

비롯한 가족이 상경, 혼고구 유미초(弓町)에 방 두
칸을 빌려 생활하게 된다. 12월, 시어머니와의 갈등,
경제적 곤궁, 평소의 질병 등에 시달리던 아내가
장녀를 데리고 모리오카의 친정으로 가 버린다.
같은 달 26일, 긴다이치 교스케와 모리오카
중학교의 은사 니토베 센가쿠의 적극적 도움으로
아내와 장녀가 돌아오지만, 이 사건의 정신적
충격으로 다쿠보쿠의 문학은 크게 변한다. 동일
홋카이도 시절 물심양면으로 도와주던 친구
미야자키 이쿠우와 처제 호리아이 후키가 결혼한다.
11월 도쿄《마이니치 신문》에 평론〈먹어야 하는
시〉를 7회에 걸쳐 연재한다. 12월, 아버지가
상경한다.

1910년(24세) 2월, 도쿄《마이니치 신문》에 평론〈성급한
사상(性急な思想)〉을 연재한다. 이 무렵
자연주의를 비판하고 싶은 마음이 더욱 고조되며,
새로운 개인주의를 표방하거나 자신은 노동자라는
실감에서 사회주의적 사고를 갖는 등 사상적으로
크게 동요한다. 4월, 1908년 6월 이후 지은 단가를
편집해, '일을 마친 후'라는 제목으로 순요도
출판사와 계약하려 하지만 실패한다. 5월, 평론

〈나의 최근의 흥미(我が最近の興味)〉, 소설
〈우리들 무리와 그(我等の一團と彼)〉를 집필한다.
6월 5일, 고토쿠 슈스이(幸徳秋水)를 비롯한
사회주의자 탄압 사건인 '대역 사건'에 충격을 받아,
이후 사회주의 사상에 빠지게 된다. 동월, 평론
〈유리창(硝子窓)〉을 발표한다. 7월, 입원 중인
나쓰메 소세키를 문병한다. 8월, 평론〈시대 폐색의
현상〉초안을 쓴다. 9월 15일, 도쿄《아사히 신문》에
독자 투고란 '아사히 가단'을 만들어 단가를
선별한다. 10월 4일, 장남 신이치(眞一)가 태어난다.
도운도 서점(東雲堂書店)과 단가집 출판 계약을
한다(원고료 20엔). 동월 27일, 장남 신이치가
급작스러운 병으로 사망한다. 11월 단가론〈어느
이기주의자와 친구와의 대화〉를 발표한다. 12월 1일
첫 단가집《한 줌의 모래》를 간행, 1수 3행 쓰기로
'생활'을 읊은 독특한 가풍으로 가단으로부터
주목받는다. 동월, 도쿄《아사히 신문》에 단가론
〈단가의 여러 가지(歌のいろいろ)〉를 발표하며
'단가는 나의 슬픈 장난감이다'라고 정의한다.
1911년(25세) 1월 13일,《스바루》동인 히라이데
슈(平出修) 변호사를 방문해 고토쿠 슈스이가

옥중에서 담당 변호인에게 보낸 진술서를 빌려 필사한다. 같은 달 10일, 크로폿킨의 〈청년에게 호소한다(青年に訴う)〉를 읽고 감동한다. 같은 달 13일,《요미우리 신문(讀賣新聞)》기자 도키 아이카(土岐哀果)와 새로운 잡지《수목과 과실》의 창간을 협의, 청년들에게 신사상의 계몽을 추구한다. 동월 24일, 대역 사건의 결말에 크게 절망, 〈일본 무정부주의자 음모 사건 경과 및 부대 현상(日本無政府主義者陰謀事件經過及び附帶現象)〉을 노트에 정리한다. 2월 3일 시인 와카야마 보쿠스이(若山 牧水) 알게 된다. 동월 4일, 만성 복막염으로 도쿄제국대학 부속 병원 아오야마 내과에 입원하게 된다. 3월, 퇴원한다. 4월, 인쇄소의 파산으로 새로운 잡지 발행을 단념한다. 이 무렵, 병은 폐결핵으로 이행하며 점점 쇠약해져 간다. 5월, 〈브나로드 시리즈〉를 쓰며 대역 사건의 진상을 세상에 알리고자 한다. 6월, 아내의 친정행을 두고 다투며 처가와 의절한다. 이 무렵 〈끝없는 토론 후〉 등 수 편의 장시(長詩)를 짓고, 이것을 바탕으로 제2 시집을 위한 〈호루라기와 휘파람〉이라는 시고 노트를 작성한다. 7월, 고열로 인해 병상에서

신음하게 된다. 8월, 미야자키 이쿠우의 원조로
고이시카와구(小石川區) 히사가타초(久堅町)로
이사한다. 어머니가 병상에 눕게 된다. 9월, 가족의
비참한 모습에 아버지가 다시 집을 나간다. 동월,
미야자키 이쿠우가 아내 세쓰코에게 보낸 편지가
원인이 되어, 평생의 친구이며 동서 관계이던
미야자키와 의절한다.

1912년(26세) 3월 7일, 어머니가 폐결핵으로 사망한다.
4월 9일, 문학 친구 도키 아이카(土岐哀果)의
주선으로 도운도 서점과 제2의 단가집 출판 계약을
맺는다(선금 원고료 20엔). 동월 13일, 다쿠보쿠는
새벽부터 위독한 상태에 빠져 오전 9시 30분 아버지,
아내, 와카야마 보쿠스이가 지켜보는 가운데
영면한다. 병명은 어머니와 같이 폐결핵이었다.
동월 15일, 아사쿠사의 도코사(等光寺)에서
장례식을 한다. 다음 해 3월 23일, 아내의 의지대로
유골을 하코다테 다테마치곶(立待岬)으로
이장한다. 현재의 다쿠보쿠 가족의 묘는 1926년
미야자키 이쿠우가 새로 세운 것이다. 아내
세쓰코가 건강이 나빠져 선교사의 주선으로
지바현(千葉縣) 보슈(房州) 호조초(北條町)에서

요양하던 중, 6월 14일 차녀 후사에(房江)를 낳는다.
동월 20일, 제2 단가집 《슬픈
장난감(悲しき玩具)》이 도운도 서점에서 간행된다.
8월 29일부터 9월 27일에 걸쳐 《요미우리 신문》에
소설 〈우리들 무리와 그〉가 연재된다. 9월, 아내
세쓰코가 두 딸과 함께 친정이 있는 홋카이도
하코다테로 건너간다(친정이 모리오카로부터
하코다테로 이사했다). 다음 해인 1913년 5월 5일,
역시 폐결핵으로 세쓰코가 영면한다.

옮긴이에 대해

윤재석은 1964년에 태어나 한국외국어대학교 일본어과를 졸업하고, 일본 메이지대학 대학원에서 문학박사학위를 취득했다. 현재 한밭대학교 일본어과 교수로 재직 중이다. 주요 논문으로 〈이시가와 다쿠보쿠 소설 〈구름은 천재다〉考-반권력적 텍스트로서〉, 〈石川啄木における伊藤博文暗殺事件-新聞報道資料を中心に〉 등 다수가 있다.

비로드 / 두 줄기의 피

지은이 이시카와 다쿠보쿠
옮긴이 윤재석
펴낸이 박영률

초판 1쇄 펴낸날 2025년 12월 5일

커뮤니케이션북스(주)
출판등록 제313-2007-000166호(2007년 8월 17일)
02880 서울시 성북구 성북로 5-11
전화 (02) 7474 001, 팩스 (02) 736 5047
commbooks@commbooks.com
commbooks.com

ⓒ 윤재석, 2025

지식을만드는지식은
커뮤니케이션북스(주)의 고전 출판 브랜드입니다.
이 책은 저작권자와 계약해 발행했으므로, 본사의 서면 허락 없이는
어떠한 형태나 수단으로도 이 책의 내용을 이용할 수 없습니다.

ISBN 979-11-430-1484-9 03830

책값은 뒤표지에 있습니다.